飼い犬には鎖を

YOU HIZAKI
火崎 勇

CHOCOLAT BUNKO

ILLUSTRATION 草間さかえ

C O N T E N T S

飼い犬には鎖を 07
リードを放しても… 111
あとがき 253

飼い犬には鎖を

アトリエとして使わせて貰っている離れは、昔、曾祖母が建てたという年代もので、俺が使い始めた時に、あちこち手を入れて直したものだった。

玄関がちゃんと付いていて、短い廊下の左右に振り分けの部屋が二つずつ。

入って左手の、庭に面している方の二部屋をブチ抜いて一つにし、採光のため庭側の壁には全面ガラス張りのサッシを入れた。

右手側の二部屋はそのままの座敷で、居住空間。

その奥には小さいながらもキッチンがあり、以前はプロパンだったのだが、ちゃんとそこも改築済み。

その離れで、俺は高校の時から絵を描いていた。

父親は中堅クラスの会社の社長で、金銭的に困ったことがない生活。

父は仕事に夢中、母はのんびりした有閑マダム。歳の離れた妹がいたが、その妹の彩香《あやか》は絵の具臭い俺にはあまり懐かず、むしろ俺が離れに行っている間両親の愛情を独り占めできることを喜んでいた。

俺にしても、生来人と接するのが得手ではないので、母屋には寄り付かず、いつしか離れで生活するようになっていた。

そんなプチ引きこもり状態の俺のところに一番足しげく通って来たのが、近所の小学生の稲葉《いなば》晶吾《しょうご》だった。

晶吾の稲葉家と俺の石原《いしはら》家は遠い親戚に当たるとかで、家同士の付き合いがあり、共働きの両親の留守の間、小さな頃から晶吾はうちに預けられていた。

小さい男の子なんて、普通は暴れまわってそこいらのものを壊して回るものだが、晶吾は性格がいいのか躾がいいのか、そういうことはなかった。

もし騒がしければ遠ざけることができたのに…。

なので、晶吾のチビは、俺が面倒みることになってしまったのだ。

学校が終わって帰って来ると、晶吾が俺を待っている。

「梓《あずさ》ちゃん」

とすぐに駆け寄って来て『遊んで光線』を出す。

柴犬の小さいのみたいに、尻尾があったら千切れるほど振ってるんじゃないかという雰囲気だ。

「制服着替えるまで待ってろ」

と言うと、その場にちょこんと座って待っている。

人付き合いが苦手な俺は、友人と遊ばない理由として彼を利用していた。

『近所の子の相手をしろって言われてるから、ゴメン』

と言えば、放課後の誘いを波風立てずに避けることができるから。

なので、それを嘘にしないために、相手はしてやっていた。

ただし、一緒に遊ぶのではなく、俺の部屋の隅に置いておくってだけだけど…。

「今日も絵を描くの？」

「ああ」

「晶吾も描いていい？」

「紙からはみ出すなよ」

「うん」

その頃は、まだ母屋の自分の部屋で生活していたので、俺は机に向かい、その足元で晶吾がクレヨンを握る。

描いてる間は静かだが、描き終わるとこっちを覗き込む。

「梓ちゃん、何描いてるの？」

「鳥」

「ハト？　カラス？」

「違うよ」

「じゃ何？　ネコ？」

「鳥だって言っただろ」

「見せて、見せて」

「うるさくするなって言ってるだろ」

机の端でピョンピョン跳ねるから、しかたなく描きかけの絵を見せてやる。

「すごーい。キレーイ。鳥飛んでる」

晶吾はすぐに『キレーイ』と言った。

そんなの子供の戯言だとわかっているのに、素直な小さい子供の褒め言葉は、自分にとって砂糖菓子のように甘かった。

「もういいだろ」

「梓ちゃん、絵描きさんになるの?」

「さあな」

「なればいいのに。梓ちゃん美人だし」

「…間違いが二つあるぞ、晶吾。男に美人は変だし、美人が絵描きになれるわけじゃない」

「そうなの?」

六つ下だからバカ、と言ってはいけないが、やはり年齢の差が彼の言動をバカだと感じさせていた。

「いいから、お前も絵を描いてろ」

「描き終わっちゃった」

「じゃ、ゲームでもやってろ。俺は絵を描いてるんだから邪魔するな。邪魔する子は？」

「…悪い子」

「そうだ。晶吾はいい子だろ？　だったら邪魔するな」

「…はい」

　晶吾は聞き分けのいい子供だった。

　多分、家でもそうなのだろう。働いて疲れて帰って来る両親が、子供におとなしくしているのを強いるのは考えられることだ。

　うちの両親は緩い人達で、俺が引きこもっていようが、妹が友達の家にお泊まりしようが、全く関与しない人達だった。

　だから迎えに来る晶吾の母親が、彼に頭を下げることを強要するのを見るのは好きじゃなかった。理屈はわかっても、胸の奥がさみしい気持ちになるから。

「ねえ、ちょっとだけ一緒にやらない？　ゲーム、面白いよ？」

　くりんとした目が、俺にすがるように真っすぐに向けられる。

「…一時間だけだぞ」

俺しか見えてない目、これに弱い。

「ホント？　しよ、しよ！　梓ちゃん大好き」

なので、結局は遊んでやってしまう。

「お前は遊んでもらえれば誰でも好きなんだろう」

彼が可哀想だから。

彼がおとなしくしていたから。

俺の言うことをきくから。

俺の絵を、手放しで褒めてくれるから。

俺は晶吾が寄って来るのを止めなかった。

やがて俺が高校に入り、美大を目指し、離れをアトリエに使うようになると、今度はアトリエに入り浸り。

更に、無事美大に入り、卒業し、彼が中学高校へ上がっても、晶吾は俺のところへやって来た。

もう親がいなくてもうちに預けられるような歳じゃなく、他の友人だってできただろうに、飽きもせず、毎日毎日だ。

まあその陰にはうちの親からの、一日一回俺の様子を見に行ってくれという密命もあったらしいのだが…。

　そして俺が一人前の画家となり、アトリエに住み込むようになった今も、晶吾だけが毎日俺のところへやって来る。

「梓ちゃん。またご飯食べないで描いてるんだって？　おばさん心配してたよ」

　庭に面した窓を勝手に開け、筆を洗ってる俺に声をかける。

　俺の腰よりも小さかった小学生のガキは、とっくに俺を追い抜いて、腹立たしいほどの巨大生物の大学生となって。

「うるさいな。食べるのは食べてるよ」

「今日は？」

「…パン食べた」

「お弁当買って来たんだけど、一緒に食べない？　鳥カラのみぞれがけ。駅前のマルフジのだから、梓ちゃん、好きでしょ？」

　マルフジの鳥カラ弁当…。

「玄関から入って、お茶も淹れろ」

「ん、すぐに」

　返事をすると、すぐに彼は姿を消し、代わって玄関の引き戸が開く音が聞こえた。続いてドスドスとした足音も。

「駄犬め…、もうちょっとおとなしく歩けないのか」

大人になって、俺も自分のことがよくわかってきた。

学生時代から顔はよかったし、特に性格が悪いわけでもないので、友人は多かった。けれど、絵を描くことが好きで、友人付き合いをおろそかにしていたから、学校を卒業してしまうと付き合いは疎遠になった。

これで会社勤めでもしていれば同僚という新しい友人関係ができたのだろうが、絵描きというのは一人でやる孤独な仕事。

同じ絵描き仲間もいるにはいるが、大抵は自分より年上だし、歳が近い連中ともあまり出掛けることはない。

わざわざ家に訪ねて来るのは、画廊の人か、雑誌の編集部の人間か、あの駄犬ぐらいなものだ。

俺は筆を洗い終わると、筆洗に蓋をして、フロスで軽く拭ってから筆立てに突っ込んだ。

「梓ちゃん、温めたよ!」

座敷から響く声と共にいい匂いが漂って来る。

その匂いを嗅いで、俺はやっと自分が空腹だったことに気づいた。

座敷へ行くと、テーブルの上にはほかほかの弁当と一緒にみそ汁が並んでいる。

「今作ったのか？」

「うん。野菜細かく切ってレンジかけて、インスタントのみそ汁に入れただけだけど。野菜はちゃんと取らないとね」

器用なヤツめ。

こうして黙って座っていると、晶吾は自分よりも年下には見えなかった。

親戚だというのに、俺と晶吾の体格は全く違う。

俺は母親に似て背も余り高くならなくて細いままなのに、晶吾は彼の父親に似て筋骨隆々。

顔立ちも彫りが深くてダビデの彫像のよう…。いや、それは言い過ぎた。マネキンみたい、だ。

「お前さ、もういい加減いい歳なんだから、俺のこと『ちゃん』付けで呼ぶのはよせって言ってるだろ」

「でも小さい時から梓ちゃんだったし、今更『梓さん』も変でしょう？」

…確かに。

こいつに梓さんなんて呼ばれることを思うと鳥肌が立つ。

「それとも、呼び捨てにしていい？」

「それはダメ」

呼び捨てだなんて。

益々俺の方が年下みたいじゃないか。

「じゃ、我慢してよ。毎回同じ結末になるんだから。どうせもう梓ちゃんのこと『ちゃん』付けで呼ぶのなんて、俺だけでしょう？　だったら特別扱いってことで」

晶吾はくったくなく、ニコッと笑った。

こういう時だけ年下に見える。

性格はいいのだ、もうずっと昔から。

こんな偏屈な自分に付き合って、それでもいつもニコニコしていて。そんな人間、バカか性格のいい人間しかいないだろう。

実の妹すら、最近は俺をバカにしてるのに。

「そういえば、おばさんが洗濯物出すようにって。それで絵の具の付いたものは一緒に混ぜるなってさ」

「混ぜたくて混ぜてるわけじゃない。知らないうちに付いてる時があるんだ」

「全部出してくれたら、俺チェックするよ？」

「別にいい」

「どうして？　仕分けするの面倒でしょう」

「自分の洗濯物、他人にジロジロ見られたいと思うか？」

何故か晶吾はそこで顔を赤らめた。

「下着のこと言ってるんじゃないからな！」

思い当たって怒鳴ると、彼は慌てて手を振った。

「あ、うん。わかってる。そんなこと考えてないよ」

どうだか。

「あのさ、そろそろ寒くなって来たじゃない。今度一緒にセーター買いに行かない？」

「行かない。もう大人なんだから一人で行けよ」

「でも俺、趣味が悪いから…。そこいくと梓ちゃんは画家だから、センスいいし。うちのお母さんに今度変な物買って来たら破くって言われてるんだ」

「今度って、前、どんなの買ったんだ？」

「えっと…、去年買ったのは『めでたい』って字と鯛の絵が描いてあるヤツ」

「何だそれ」

想像して、思わずプッと吹いてしまった。

身体がデカくて顔のいい晶吾が、鯛の柄のセーターを着てるなんて、出オチだ。

「何でそんなの買ったんだよ」

「みんなが喜ぶかと思って」

「わかったよ。そのうち時間が空いたらな」

「約束だよ」

俺は晶吾が持って来た弁当を、綺麗に食べた。

野菜のみそ汁は、決して美味いものではなかったけれど、彼が自分のために一生懸命作ったのだと思うと残せなくて、仕方なく飲み干した。

それに、俺の生活には野菜は不足気味だったから。

「ああ、食った、食った」

割り箸を空の容器にポンと投げ入れて、畳の上に大の字に横たわる。

今日は根を詰めて描いていたから、背中が痛かったのだ。

「行儀悪いよ」

「いいんだよ。俺とお前しかいないんだから」

「俺の前だと無防備なんだから…」

「何で俺がお前に防備しなきゃならないんだよ」

「はい、はい。じゃ洗い物して来るから、その間だけ寝てていいよ」

年上の強みで、晶吾は俺のやることに多少の注意は口にするが、反対はできない。

今も、文句は言ったけれど、「お茶、ここに置いておくよ」というセリフを残して台所へ消えた。

畳みの上に寝転がっていると、すぐに水音が聞こえた。

…わかってる。

これはわざわざ弁当を買ってきてくれた人間に対して取る態度ではない。

本当なら、ありがとうとちゃんと礼を言って、俺が洗い物をするべきだ。

けれど、もう何年も前から、俺は晶吾に優しくできなくなっていた。

「…あいつが俺の背を追い越してからだな」

ずっと、ずっと、俺の後ろをついて回っていたチビが、気がつけば同じ目線になり、ある日あいつと話していると首が痛むことに気づいた。

一六五センチというのは男にしては小さい方で、ハイヒールを履いた妹の彩香にさえ抜かれてしまうことを気にしていた俺には、それは重大事件だった。

社交的で、真っすぐな性格の晶吾には、それまでも微かな引け目を感じていた。人として、男としてあいつの方が上質なんじゃないだろうかって。

それが身長を追い越されたことで、明確な形を示された気分になったのだ。

晶吾は芸術の才能がある俺のが上だと言うけれど、そんなふうには思えなかった。

「…あ、マズ眠い…」

目を閉じて横になっていると、だんだんと眠気に襲われる。

晶吾が戻って来たら、画材の整理を頼もうと思っていたのに。あいつはいつまで洗い物にかかってるんだ。

整理整頓も得意じゃないから、バイト代出してやってもいいから片付けてもらいたかったのに。

それを頼めたら、こちらからのお願いごとになるから、今度こそ素直に『ありがとう』って言ってやれるチャンスだったのに。

大体、晶吾は俺を甘やかし過ぎなのだ。

きっと共働きの両親に気を遣い過ぎてあんな性格になったのだろう。

今も二人は働いているが、昔のように生活のためではなく、一生懸命貯めた金で、夫婦二人でできる飲食店を経営していた。

大人はそれでもいいだろう。

働いている時も夫婦共に、で。

でもその時も、晶吾はうちに預けられていた。

もう高校に上がろうという時だったから、昔ほど寂しくはなかったのかもしれないが、『俺、父さん達といるより梓ちゃんといる方が楽しいからいいんだ』と言った彼が、可哀想だった。

親と一緒にいるより俺みたいな偏屈と一緒の方がいいわけがない。

人懐こいヤツだから、普通よりも親と一緒にいたがるはずなのに、そう言わなければならない彼が不憫だった。

だから、あの時、俺は晶吾を抱き締めてやったのだ。

「梓ちゃん？」

もう俺よりでかくなっていた身体を。

体温が伝わって来るくらいずっと。

そしたら、あのバカは俺の頬に触れて、『泣かないで』とか抜かしやがって。

誰が泣くかって言うんだ。お前が可哀想だから、ちょっと慰めてやっただけなのに。それはこっちのセリフだ。

「寝てるの…？」

けれど、そっと頬に触れる指が優しかったのは覚えている。いつもはガサツな晶吾が、壊れ物に触れるみたいにそっと…。

そう、こんなふうにそっと…。

ん?

俺はガバッと起き上がった。

指の感触…。

「あ、起きた」

頬に触れた指の感触を、今確かに感じた。そっと頬に触れ、唇の輪郭を辿った無骨な指先を。

だが晶吾はテーブルの向こう側でお茶を啜っている。

「食べてすぐ寝ると牛になるよ」

なんて呑気なことを言いながら。

「お前、幾つだよ。今時そんなこと言うヤツなんかいないぞ」

「お祖母ちゃんが言ってたんだよ。でもまあ、食べてすぐ横になると身体に悪いよ。逆流性食道炎になるから」

「いきなり現実的なこと言うな。…晶吾」

「何?」

「お前、今…」

言いかけて止める。

お前、今俺に触ってただろうと訊いてどうする。単に自分が寝ぼけていただけかもしれないし、実際触れていたとしても、寝てたから起こそうとしていただけかもしれないじゃないか。

別に頬や唇に触れることぐらい、何でもないのに騒ぎ立てる方がおかしい。

「じゃ、梓ちゃん起きたから、俺は帰るよ」

「もう？　今来たばかりじゃないか」

「うーん…。引き留められるのは嬉しいけど、レポートやらなくちゃいけないから」

「別に引き留めてなんかいない。むしろもうあんまり来るな。晶吾は体積があるから、居ると邪魔なんだよ…」

引き留めたいと思っている気持ちがあって、それを指摘されてしまったから、つい憎まれ口を叩く。

いつもなら、それでも『えー、どうして？』とか『またまた、そんなこと言って』と俺の言葉を無視するクセに、今日に限って返って来る言葉がない。

ふっと目を向けると、晶吾は変に大人っぽい、困った顔で笑った。

「ごめんね」

謝る理由などないのに。

そう言われるとこっちが悪いことを言ったみたいではないか…。

「…帰るなら、玄関まで送ってやるよ」

彼が子供の時は、自分の好きな距離が保てた。遠ざけたければ向こうへ行けと言えばいいし、近づきたければ来いの一言で済んだ。

でも今は、その距離感も掴めない。

玄関先、上がりがまちに立って、靴を履く晶吾を見下ろす。

それでも一九〇近い彼が立ち上がると、見下ろせる距離はわずかしかないのがシャクに触る。

「洗濯物、忘れないでね」

「わかってる」

「夕飯は作るの面倒だったら母屋に食べに行くんだよ」

「わかってる。お前は俺の母親か」

「心配なんだよ。絵に没頭すると、何もかも忘れちゃうから。俺のことは諦めてるけど、せめて食事だけはちゃんとしてよ？」

「余計なお世話だ」

「ん、じゃあまた」

背を向ける彼に、『今日は弁当ありがとうな』と言おうと思ったのに、開ける引き戸の音が大きくて「今日は…」と言いかけた自分の声が消されてしまった。

「…クソッ」

彼の大きな身体を呑み込んだ扉が閉まってから、俺は一人バリバリと頭を掻いた。

最近、晶吾が苦手だ。

そう思いながら…。


晶吾が嫌いな訳ではない。

それだけは言える。

でも片手で持てるほど小さくて可愛かった子犬が、ふと気づいたら背後からのしかかられると押し倒されるほどデカくなっていたら誰だって戸惑うだろう？　そんな感じだった。

彼が、初めて制服に身を包んで家に来た時、こいつもここまで大きくなったかと、まるで親のような気持ちだった。

三年経って、次の制服を着てきた時には、大きくなり過ぎだろうと、ちょっとした嫉妬心を抱いた。

そして制服を脱ぎ、自分と同じような格好になった時、俺は彼との距離感がわからなくなってしまった。

もうチビ扱いはできない。でも同等とも言いたくない。

素直で人懐こい彼を可愛いとは思うけれど、彼がストレートに近づいて詰めて来る分、離れて行きたくなってしまう。

小さい時に抱き着いてきたのとは違う感触。

あの長い腕が自分を捕らえると、しがみついているのではなく包まれていると思ってしまう。

俺の方が年上なのに。

もう少し賢い犬ならば、きっと俺のこの微妙な気持ちを察してくれただろう。

けれどあの駄犬には、そういう気持ちの機微がわからないのだ。

絵を描く俺の背後に黙って何時間も座って、じっとこちらを見ている視線。

「あんまり見るな」

と注意しても、「どうして?」と聞き返される。

「絵に集中出来ない」

と言えば、部屋を出て行くけれど、気づけばまた後ろで俺を見てる。

いや、俺ではなく絵を見ているのかもしれない。昔からあいつは俺の描く絵を好きだと言っていたから。

でも強い視線は邪魔なのだ。

彩香が入って来て、同じように俺を見てることもあった。その時には声をかけられるまで気づかないのに、晶吾だと気づいてしまう。

気づくことが、また妙に居心地が悪い。

当たり前のようにそばにいて、自由にさせ過ぎただろうか?

まるで彼がそこにいることが当たり前のようにここへ出入りさせ、居ることも、居ないことも意識するようになってしまった。

最近では、彼に出会って心の中で二言目に繰り返すのは、『昔は可愛かったのに』だ。

いつか、注意しなくては。

俺に甘えてばかりいないで、他の人と付き合え。友達が作れないからここに来てるんじゃないか? だとしたら愛想はあるんだし、頑張れ。

お前も自分の付き合いってものを作れ、と。

だが…。

「今日も、来ない、か…」

それを言おうと思っていた矢先、彼は突然姿を見せなくなってしまった。

絵を描き、一息入れるたびにちらりと目をやる庭へ続く窓。

サッシの窓は眠るまでカギをかけないでいてやってるのに、もう四日、開くことはない。

いつも勝手にカラカラとガラス戸を開けて入ってくるのに、あの鳥カラ弁当を持ってきたのを最後に、立ち寄ることもない。

大学のテスト期間か何かだろうか？

でもそういう時には必ずちゃんと事前に言っていたのに…。

俺が、邪魔だと言ったのを気にしてるんだろうか？

でもあんなの、しょっちゅう言ってることなのに。

それこそ、本当に当たり前のようにそばに置いてしまっていたので、突然姿を見せなくなると、それはそれで気にかかる。

あいつはきっとわかっててやってるんじゃないかという気にさえさせた。

朝、起きてから眠るまで携帯電話を手元に置き、彼からのメールを待つ。

今までは、朝、昼、晩と意味のないメールを送ってきていたのに、今はウンともスンとも言ってこない。

いっそ電話をかけてこちらから呼び出そうかと思ったが、すぐに思い直した。

それが手かもしれない。

ここで『来い』と言ってしまったら、『だって梓ちゃんが来いって言ったんじゃないか』と、ここから先もう邪魔だと言わせない気に違いない。

ここで負けてはダメだ。

甘い顔をしたら、どこまでも付け上がるに決まっている。

と、思っているのに、携帯電話が手放せなかった。

四日が五日になり、五日が六日になっても、何故か晶吾はそのまま姿を現さなかった。

灰色の空間に、鮮やかな深紅で描かれた一輪の花。

芥子をモチーフにしているので、中心部分には影のような黒を置き、ゆるいカーブを描く茎が、まるで身体をしならせた女性の雰囲気を作り出している。

たおやかでありたいと思いながら、その色で内面の激しさを表している…、と言えば体裁はつくが、最近のイライラを色に乗せたスカッと爽快ストレス発散な絵だ。

だが、煮詰まってる時も、いい絵は出てくるもので、画商の中野《なかの》さんはさっきから腕を組んでじーっと俺のその絵を見つめていた。

「いい絵だね」

その一言にほっとする。

「本当にそう思います？」

いかに偏屈を自称する俺でも、さすがに画商相手では態度が違う。

特にこの中野さんは、俺がまだ学生の頃に、試しに持ち込んだ絵を見て一発で扱ってもいいと言ってくれた人なのだ。

もっとも、その絵に買い手がつくまでは結構時間がかかったが…。

中野さんは短く刈り込んだ白い髪を撫でながら、絵に顔を近づけた。

「うん、この花弁の感じがいいよ。こう、塗り重ねられた情念みたいで」

すいません、そこんところがストレス発散です。

腹立たしさに何度も何度も塗り重ねたら、肉感的な深みが出たんです。

だが真実は闇の中、だ。

「石原くんの絵は、今顧客が付いてるからね。いいものだったらすぐに買い手がつく」

「本庄さんでしたっけ？　書家の。あの方が気に入るかなって」

「そう。ご老齢の方だけど、老いて益々盛んでねぇ。色のハッキリしたものがいいみたいだよ。だからこれも気に入るんじゃないかな」

画家として売れるには、幾つかの条件がある。

絵の才能があるというのはもちろんだが、それだけでは商業的に食べては行けない。

一つは万人受けするものを描いて、半分イラストレーターみたいな仕事を受けること。でなければ展覧会に出展して、賞を取りまくるか、商業的に力のある評論家に気に入られるか、気前のいい顧客を付けることだ。

幸いなことに、俺は三番目と四番目の幸運を手に入れていた。

つまり、評論家と顧客だ。

評論家の方は、美大に行ってる時の教授で、絵も気に入られたが芸術論が似ていたことで可愛がられていた。

お陰で、絵を見せに行くと悪くない批評を雑誌に書いてくれている。

顧客の方は今、二人いて、一人は色の濃い絵を好む書家の本庄さん。もう一人は淡い色彩を好むレストランチェーンのオーナーの西川さんだ。

「このままシリーズで描いてみたらどう？　小品でも構わないから。と言うか小品の方がいいかな？」

「売り易いから、ですか」

「うん。若いうちは世間に認めてもらうことに精を出さないとね。納得行くものを満足できるまで描くのは、もうちょっと後でもいいだろう？」

「そうですねぇ…。一応描いてはいるんですけど…」

俺はイーゼルから絵を下ろした。

「ほう、どんな絵？」

「まだ描きかけです」

「見せてくれないのかい？」

「もうちょっと形になるまでは。売り物じゃなくて、それこそ納得行くように描いてみたいんです。これ、持って行かれます？」

「ああ。戴こう。じゃ、形になってきたら見せてよ。石原くんが納得いくように描きたいっていう作品、見てみたいから」

「まあそのうちに」

俺は油絵を運搬用のフレームに嵌めて、風呂敷で包んだ。

油彩的には小さいサイズとはいえ、Ｆ８の絵は紙袋というわけにはいかないのだ。

「そういえば今度、原宿でテーマ展をやるんだけど、それに出して見ないか？」

「テーマ展ですか？　何の？」

「睡蓮。若い人ばかり集めてやるんだよ」

「睡蓮って花の？　いいですね」

「だろう？」

「でも何でまた睡蓮なんです？」

「睡蓮がロゴマークになってる化粧品メーカーが主催なんだ」

「…ああ」

「今、写真と、水彩と、イラストと、彫塑とブロンズと鉄の子が決まってるんだけど」

「鉄？」

「何て言うのかな…。板金？　面白いよ、八畳くらいの睡蓮」

「見応えありそうですね…」

「上手く気に入られれば、メーカーのキャンペーンなんかで使ってもらえるから、知名度も上がるしお金も入る。石原くんは、本人も美人さんだから、受けがいいかもね。やってみる？」

面白そうだな。

今のところ急ぎの仕事は入ってないし、テーマが睡蓮なら難しいこともなさそうだ。

「はい。是非」

「じゃ、詳しい内容は後でファックスしよう」

「はい」

俺は風呂敷に包み終えた絵を、中野さんに渡した。

「額装はこっちでやっていいかい？」

「もちろん。中野さんはセンスがありますから、安心してお任せできます」

「まあそれが仕事だからね。それじゃ、今日はこれで。もう一件回るところがあるから」

「わざわざありがとうございました」

俺の絵を小脇に挟んでアトリエを出た中野さんは、玄関先でふっと思い出したように足を止めた。

「そういえば、今日は弟くん、いないんだね」

「弟？　妹じゃなくて？」

「ほら、あの大きい子。弟じゃないのかい？」

それが誰のことを指すのかわかって、俺は浮かべた笑みを引きつらせた。

「あれは近所の子です。いつもいるってわけじゃないですよ」

「そうなんだ。彼がいるとすぐにお茶が出るのにね」

「…あ。すいません、おかまいもしないで」

絵の批評を求めることに夢中で、そんなことも忘れていた。恥ずかしい、お世話になってる方なのに。

俺は顔を真っ赤にして頭を下げた。

「ああいや、催促したわけじゃないよ。ただ気の利く子だったなと思って。えーと…確か晶吾くんだったか？」

「はい」

紹介するまでもない人間なのに、俺の仕事相手の方にまで名前を覚えられているとは。

「彼は絵はやらないの？」

「とんでもない。あいつは犬描いても猫描いても、クマ描いてもみんな同じになっちゃうくらいですから」

「今はヘタウマっていうのもあるからねえ。今度何かあったら見せてよ」

「…最近ここへは顔を出さないので。彼、大学生ですから学校もありますし」

「ああそう」

深い意味はなかったのだろう。そう答えると、中野さんはそのまま靴を履いた。

そしてもう話題にあいつを上らせることもなく、別れの言葉を口にした。

「それじゃ、また寄らせてもらうよ。石原くんも、店の方に顔出してくれ」

「はい、是非」

背筋をしゃんと伸ばしてダンディに歩き出す中野さんを見送ると、俺は長いタメ息をついた。

…あの人から、晶吾の名前が出るとは思わなかったな。

晶吾は、もう一週間以上もここには姿を見せなかった。

もちろん、何の連絡もナシに、だ。

最初はイラついて彼のことばかり考えていたが、その内ばからしくなって、彼の存在そのものを忘れようと努めていたのに、不意打ちでその名を聞くと、またムカムカして来る。

俺に、メシを食えだの掃除しろだのうるさく言ってたクセに。

来るなと言っても毎日来ていたクセに。

この、幕引みたいな離れ方は何だ？

俺は玄関先にかかっているカレンダーに目をやった。

「あれが先週の火曜だから…」

今日は金曜日で、もう十日だ。

来ないなら来ないで、電話の一本、メールの一通でも送ってくればいいのに、そんな人としての礼儀も欠いてることが腹立たしい。

もしかしていない時に来やしないかと、おちおち家も空けられないではないか。

だからあの絵が予定より早く上がったのだけれど。

あんな駄犬でも、居れば役に立つというのを今日思い知ったから、今来れば少しは優しくしてやるのに。

「まさか、病気ってことはないよな…」

口にしてから、俺はあいつがインフルエンザで寝込んだ時のことを思い出した。

中学の時だったたか、突然我が家に顔を見せなくなって、どうしたのかと思っていたら自宅で一人寝込んでいたのだ。

おばさんは、風邪は寝てれば治るし、梓ちゃんや彩香ちゃんに感染しちゃ大変だからとは言ったが、熱を出して弱っている時に一人で寝ているのは辛かっただろう。

大体、あいつは自分に何かあると勝手に引っ込んで出て来なくなるのだ。

高校の時、階段から落ちて足を捻挫した時もそうだった。

俺は何にも知らなくて、母親から彼が松葉杖をついてると聞かされて驚いたのだ。

だからあの時、今後こういうことがあったら、面倒は見てやらないが何が起こったかはちゃんと知らせて来いと言い含めたはずなのに。

持っていかれてしまった赤い花。

あの赤のように、この心の中もはっきりくっきりすればいい。

だがはっきりしているのは、苛立ちだけだ。

あの大きくなり過ぎた子供に、優しくすればいいのか冷たくすればいいのかがわからない。世話になっているのか、面倒を見ているのかも。

「もし病気で寝込んでたら…」

取り敢えず、生きてるか、と連絡してみようか？

「そうだ」

俺はハッと気づいて、中野さんを見送った玄関で自分も靴を履いた。

そうだよ、別に俺が見に行かなくてもいいじゃないか。何か心配しなくてはならないことがあったら、きっとうちの母親ぐらいには言っているはずだ。

そうでなければ彩香に見に行かせればいい。

夕暮れに染まる柘植の植え込みを抜け、母屋への道を辿る。

小道の敷石をポンポンと踏み越え、広い洋風の庭の横を抜け、勝手口から家の中へ入る。

純和風の離れにくらべ、ちゃんと改築されたこちらは洋風の佇まいだった。

誰もいないキッチンを抜けて奥へ入ると、丁度彩香と母親の二人が揃ってお茶を飲んでいた。

「彩香」

声をかけると、妹は見ていたテレビから視線を外し、あらという顔でこちらを見た。

「どうしたの、おにいちゃん。お腹空いたの？」

…訊かれると空いたような気が。

「さっき画商の方、いらしてたでしょう」

丁寧な口調で尋ねたのは母だ。

「もう帰った」

「ちゃんとお茶、お出しした？」

それを言われると恥ずかしいが、敢えてそこは流した。

「次に行くところがあるんだって」

と半分は嘘ではない言い訳をして。

「どうせ忘れたのよ。自分のご飯もままならない人なんだから」

「うるさいな」

「ケンカしないの。お腹空いたなら、お食事にするわね。今作るからテレビでも見てらっしゃい」

母が立ち上がるので、空いたソファの席に腰を下ろす。

テーブルには菓子鉢が置いてあって、中には小分けのせんべいが入っていた。

丁度いいとばかりにそれを手に取って袋を開ける。

「今ご飯だって言ったじゃない」

「これから作るんだろ。それまで持たない」

「意地汚いんだから」

「何だと？」

晶吾より一つ下のこの妹は、あいつに比べるとずっと生意気だ。母はあんなにおっとりしているというのに。

「そうだ、彩香。お前、晶吾のこと、何か聞いてるか？」

それが目的で来たのに、今思いついたというフリをして問いかける。

「晶吾くんのことって？」

「病気になったとか何とか…」

「別に？　お兄ちゃんのとこに連絡があるんじゃないの？」

「それがないから訊いてるんだろ」

「晶吾くん、来てないんだ？」

それを認めるのは何だけど、嘘をつく必要もないので正直に答える。

「十日ばかりな。別に来なくてもいいけど、連絡がないと何かあったのかって心配になるだろ」

「別に十日ぐらい来なくたって、いいじゃない」

人のことを意地汚いと言ったクセに、彩香は自分もせんべいに手を出した。俺は心が広いから、咎めはしないが。

「今まで毎日来てたのに、突然来なくなったら気になるだろ」

「毎日来てたの？」

「知らなかったのか？」

「だって、晶吾くん、うちには寄ってかない時もあるもの」

「ふうん」

まあこの家にいるのは女ばかりだから、あいつも立ち寄りにくいのだろう。

「お前、あいつに来るように言えよ」

「私が？　どうして？　お兄ちゃんが自分で言えばいいじゃない」

「そこは年上の威厳ってものがあるだろ」

「ご飯届けてもらったり、家の掃除してもらって、何の威厳よ」

「うるさいな」

「それに、別に彼が十日ぐらい来なくたって、当然のことじゃない」

「何か聞いてるのか？」

「別に何か言われたわけじゃないけど、晶吾くんだって、もう大学生なんだから、お兄ちゃんの面倒ばかりは見られなくなったってだけでしょう？」

俺が面倒見てもらっているわけじゃない。あいつが甘えに来るんだ、と訂正したかったが、そこはグッと堪えた。

「晶吾くん、モテるんだから、彼女とかできたんじゃない？」

その言葉に何故か俺は酷く驚いた。

「モテる？　晶吾が？」

いや、大学生になればガールフレンドの一人くらい、驚くことではないのに。

彩香も当然でしょうという顔をした。

「私の友達にも、紹介してって言ってくる娘、いるわよ。背は高いし、優しいし」

「子供っぽいって言うんだ」

自分だって大学の時には、彼女とまではいえないが、それなりに親しい女友達はいた。けれど晶吾に彼女…。

あいつの隣に女の子が並ぶ姿が考えられない。第一、ルックスは悪くないかもしれないけど、あんなガキっぽい男がモテるわけがないだろう。

「そんなことないわよ。お兄ちゃんよりずっと大人だと思うな。あんな彼氏だったら大歓迎」

「お前、晶吾が好きなのか？」

所詮、お前の欲目だろうと言うと、彩香はツンと唇を尖らせた。

「別に。私、彼氏いるもん。ただ一般論で言ってるだけ」

「あの、テニス焼けしてた男か」

「いいじゃない、スポーツマンなのよ。今は晶吾くんの話でしょ」

「そうだ。だからあいつに『行けません』ぐらいは連絡しろって伝えろ」

「何で私が。気になるなら自分で訊きなよ」

「だからそれは面子があるって言ってるだろ」

「そんなのわかんないわよ。とにかく、私は電話なんてしないからね。知りたいのはお兄ちゃんなんだから、自分で訊きなさい」

「彩香」

叱るようにその名を呼んでも、もう彼女の視線はテレビから動かなかった。

全く…、本当に誰に似たんだか。

にしても、こっちにも連絡がないってことは何がかかがあってどうこうってわけではないのか。何やってんだか、あいつは。

人に心配かけて楽しむタイプではないとは思うが、俺のことを忘れるくらいに熱中するものができたなら、黙ってないでそう言えばいいのだ。

「お兄ちゃんだって、ちゃんとすればカッコいいんだから、引きこもってばっかりいないで綺麗にして外に出掛ければいいのに…」

少しはこちらを持ち上げているようにも取れるそんな妹の呟きを、俺は無視した。

ありがたくはあったが、何か答えて言い合いになったら、どうせ口では妹に勝てないとわかっていたので…。

さらに一日が過ぎ、イライラのピークに達した俺は、不本意ながらついに自分から晶吾にメールを送った。

『画材整理のバイトを頼みたいけど、明日来られるか』と。

これで返信がなかったら、あんなヤツのことは忘れてやる、と思っていると、すぐに返事が戻ってきた。

今までの無視は何だったのかという早さだ。

『行く。何時がいい？　何か買ってって欲しいものがあったらまたメールしてください』

その文面からは、ずっと俺を避けていたという雰囲気は感じられなかった。

やっぱり何か用事があったんだな。

だとしたら、明日ちゃんと説明させてやらなくては。

俺に心配をかけたおしおきとして、俺は買って来て欲しいものをすぐにメールした。特に重たくて、自分が買いに行くのは面倒なものを。

翌日、約束の時間の前に、俺は描く作業を中止して彼を待った。

約束は二時ということだったのに、牛乳やテレピン油や、液体系の重たい荷物を抱えて、彼は十分前には窓ガラスの向こうに姿を現した。

開けて、という顔でこっちを覗き込むから、近づいて行ってサッシを開ける。

「ありがとう」

礼を言って、荷物をドサドサと下ろす。

「…ご苦労。重かったろう」

「ん、ちょっと。でも大丈夫だよ、俺、力あるから」

文句を言う代わりにそう言って笑うから、軽くその頭を撫でてやる。

犬の躾は、怒る時と褒める時はすぐにしてやること、なのだ。

「荷物は俺が運んでおくから、玄関から入って来い」

「こっからじゃダメ？」

「別にいいけど」

ここから入られると、玄関みたいに段階がなくていきなりこいつが隣に立つことになるから、身長差を感じて嫌なんだよな。

思ったとおり、晶吾は靴を脱ぎ捨てると、いきなり俺に影を落とすように隣に立った。

ホントにムカつくほど大きい。

「俺、持つよ」

だが彼は食料品が入った方の袋を持って、すぐに俺から離れた。

「お茶とコーヒー、どっちがいい？」

「…コーヒー」

「じゃ、淹れとくから、そっちしまっておいて」

画材が入った紙袋だけが残される。

心得たものだ。

でもコーヒーぐらいは淹れてやろうと思っていたのに。

俺は筆や油のビンを片してから、彼の後を追って台所へ向かった。

買い物をしてきたくらいじゃ、俺をほったらかしにしていた罪は消えない。ここはちゃんと言ってやらなくては、と思って。

晶吾は台所でお湯を沸かし、カップを取り出していた。

それを少し離れたところから見つめる。

視線に気づいて彼は振り向いた。

「何?」

「お前、今まで何してた?」

「え?」

「来ても来なくてもどっちでもいいが、突然来なくなったら心配すると思わなかったのか?」

「心配してくれたの?」

棚からインスタントのコーヒーを取り出し、銀色のスプーンで土のようなそれをすくい上げ、カップの中に落とす。

俺は二杯、本人の分は三杯。ガキのクセに、昔はコーヒーは苦いと言って嫌いだったクセに、今では彼の方が濃いコーヒーを飲む。

そのことも何だかイライラさせる。

「お前、病気になると一人で巣籠もりするからな。少しは心配してやったが、悪いか？」

「とんでもない、嬉しいよ。あ、今持ってくから、座敷に行ってて」

「話はまだ終わってないぞ」

「わかってる。だから向こうで聞くよ」

それならいいか。

先に座敷に戻ってテーブルにつくと、彼が湯気の立つカップを二つ持ってくる。

俺しか使わない砂糖とコーヒーミルクを取りにもう一度台所へ消え、すぐにまた戻ってきて向かい側に座った。

「今まで、何してたんだ？」

「ナニって、特に…」

「特に？　だったら何故連絡を寄越さない」

「仕事、忙しいかなって…」

「いつも人が何をしてようと勝手に入って来るのに？　適当なこと言うなよ？」

ミルクと砂糖を入れて、色を変えたコーヒーを掻き混ぜて口を付ける。

温かい甘みと苦みがさっと口に広がる。

「…実は、大学の友達が学校辞めることになって、みんなで色々と世話やいてたんだ」

「あと卒業まで半年ないのに大学を辞める？」

嘘をつくなよ、と向けた視線に彼は補足の説明を加えた。

「女の子なんだけど、その…、赤ちゃんができちゃって…」

「お前のか！」

「え？　あ、いや、まさか。相手は彼女のバイト先の先輩だよ」

焦ったように手を振り、否定する。

「…何だ驚かしやがって。お前は説明がヘタなんだよ。ちゃんと最初からわかるように説明しろ」

「ん、ごめん」

彼の説明によると、同じゼミの女の子が、バイト先の先輩とデキちゃって妊娠し、ちゃんと結婚して子供を産む代わりに大学の卒業を諦めなければならなくなったそうだ。

取り敢えず教授達に卒業の資格だけでも取る方法はないかと相談してみたのだが、出産予定日は年末年始。

子供が産まれてしまえば大学に通うことは無理なので、当然のことながら年明けから一度も大学に来れなくては単位はやれないと言われてしまったらしい。

「無計画な話だな」

「そうは言うけど、仕方ないよ」

「仕方なくないだろう。男の方がちゃんと考えてやるべきなんだ。女の子も節操があるとは言えないが、男がコントロールすれば何とかなるものなんだから。相手のことを考えたらそうするべきだろう」

「ん、でもちゃんと考えて、結婚することにしたんだよ」

「そんなの、当たり前だ。子供まで作って結婚しませんなんて、男として許せるもんか」

「そうだけど…」

「それで？　教授達に掛け合うために電話の一本もできなかったのか？」

「いや、それでその娘が大学辞めて彼氏の田舎に一緒に戻ることになったから、引っ越しの手伝いとか、結婚式の準備とか…。みんなで心づくしだけどこっちで式挙げてお祝いしようってことになったから」

「ふうん…」

「一昨日がその式だったんだ」

「それくらいのこと、どうして説明しなかった？」

「だって、梓ちゃんには関係のないことだから」

その一言が少しだけ心に痛みを与える。

今までさんざん懐いて来て、関係ないという言葉を向けるのかと。

だがそれは少しだけ、だ。

「それはそうだが、忙しくて行けませんぐらいは言えただろう」

「うん…、ごめん」

「本当はそれだけじゃないんじゃないのか？」

俺は彩香の言葉を思い出していた。

こいつも、結婚式なんて言葉を口にできるような歳なのだ。

「…え？」

「彩香のヤツが、お前には彼女がいるって言ってたぞ」

正確には、彼女がいるのかもしれない、だが、カマをつけるつもりでそう言ってみた。

「や、…え？　俺、いないよ？」

すると彼は何故か顔を赤らめ、慌てて否定した。

「何焦ってるんだよ。別に彼女の一人や二人くらいいたって不思議はないだろ」

ちょっとムカつくけど。

「ホントだって。俺、付き合ってる娘とか全然いないから。今回のことは、本当にただ忙しかっただけだし」

「焦るとこが怪しいな」

彼が狼狽するのが面白くて、追い打ちをかける。

「ホントだから！　俺は…、好きな人ができたら一途だし、大学じゃそういう相手はいないって断言でき…」

その時、携帯の着信音が響いた。

俺のじゃない。

「あ、ごめん。ちょっと…」

晶吾は慌ててポケットから携帯電話を取り出すと、背を向けるようにして出た。別にこっちを向いて話をすればいいのに、コソコソしやがって。

「はい、もしもし」

俺は電話を聞かないフリをしながらコーヒーを啜った。

「ああ、戸部か。ん、今、ちょっと人と会ってて…」

相手は大学の友人だろうか？

「うん。別にはそれはいいけど。女の買い物って長いから…。あ、ゴメン」

しかも女か？

「わかった。じゃ、土曜日にS田駅の改札のところに一時ね。わかってるちゃんとした格好して行くよ」

…デートの約束じゃないか。

これで別に彼女なんかいませんって言うのか？

いや、まあ、別にこいつに彼女がいてもいなくても、俺には関係ないけど。

「ごめん、話中断して」

「いや、大学の友達からの電話だろ？」

「うん。それで、俺には…」

「そうだな、今日はカンバスの整理を頼もうと思ってたんだ」

また彼女がいる、いないの説明を始めようとするから、俺はそれを遮って話題を変えた。

目の前でそういう電話をしておきながら、『好きな人はいません』なんて言われても、説得力がないだろう。

むしろ、言われれば言われるだけ嘘をつかれてる気分になる。

「え…？」

晶吾に、嘘をつかれるのは嫌だった。

こいつは素直で正直なところだけが取り柄なのに。

「奥の座敷にある古いカンバスを大きさ別に並べ換えて欲しいんだ。それと、使いさしの絵の具を、まだ中身が残ってるのと、ダメなのにわけてくれ」

「…うん」

「あと部屋の掃除も頼む。バイト料は出してやる」

「いいよ、お金だって」

「結婚する友達がいるなら、色々入り用だろ？」

彼は、顔を輝かせ、にこっと笑った。

「…何だよ」

「梓ちゃんは察しがいいなって思って。それに、今さんざん文句言ってたけど、それって『祝ってやれ』ってことでしょう？　優しいんだなって思って」

「そいつ等はどうか知らないが、生まれて来る子供はめでたいだろ。あ、そうだ。お祝い買うなら子供のものにしろよ？」

「いや、それは…。みんなで決めるものだから…」

大したことは言っていないのに、晶吾は浮かべたニコニコ笑いをしばらく消さなかった。

全くおめでたい頭だ。

こんな当たり前のことで俺のことを優しいと言うなんて。

「言っとくが、俺は手伝わないからな。グループ展の仕事が入って、忙しいんだ」

「グループ展？　誰とやるの？」

「知らない。いろんな人間を集めて、企業キャンペーン込みでやるらしい」

「画家って、あんまり食えないって聞いたけど、梓ちゃんは仕事が切れないよね。やっぱり才能あるんだよ」

晶吾の出入りを自由にさせるのは、こういうところかもしれない。

彼は、俺の聞きたい言葉を、お世辞でも何でもなく口にしてくれる。

多少目が曇ってると思うこともあるが、批評家や、同業者ではない人間からの称賛は、俺に自信をくれる。

「カンバス整理するって、また塗りつぶしちゃうの？」

「ああ」

「もったいないな。俺、欲しいのあったら持ってってもいい？」

「一度ちゃんと確認したらな。でも他人にやるなよ？」

「あげないよ。梓ちゃんの作品はプロの商品だってわかってるし、俺だってめったに貰えないのに他人にあげるなんてもったいないことできないよ」

ほら、こうやって気持ちのいい言葉をくれる。

「印刷したヤツでいいなら、ポスターがあるぞ」

だから、つい、また甘やかしてしまう。

「それもくれるの？」

その顔があまりに嬉しそうだったので、つい意地悪を言う。

「お祝いにしてやってもいいってことだ」

「えー…、俺にじゃないの？」

「お前には前にあげたヤツだよ」

だからきっとこいつを付け上がらせてしまうのだろう。

「でももう一枚欲しい」

「お前が自力で見つけたらな」

過去に一度だけ、晶吾のためだけに絵を描いてやったことがある。

彼の誕生日をみんなが忘れ、俺でさえ不覚にもその翌日に指摘されて気づいた時だ。

「十八になったから、車の免許取りに行くんだ」

とあいつが言い。

「まだだろ？」

と訊き返した時。

「昨日なったよ」

と平然と答えたのだ。

その昨日、晶吾はいつものように俺のアトリエに来ていた。

そして何にもせず、俺の背後で、絵を描く俺のことを眺めていた。

きっと、両親も忘れていたのだろう。でなければ『今日は親が祝ってくれるから』の一言ぐらい出たはずだ。

周囲のみんなに自分の誕生日を忘れられてしまう。

そんなの悲しすぎるだろう。

俺は慌てて謝罪した。

「すまん、忘れてた」

だが晶吾はそんなことは別に大したことではないというように笑い、「梓ちゃんが絵を描いてる時はそういうもんだってわかってるから平気」と言ったのだ。

晶吾はバカだが、健気な子供だった。

我慢することに慣れ過ぎて、自分のしたいことがわからなくなってしまってるんじゃないか、と思うくらいに。

「遅れたお詫びに、何でも好きなもの買ってやるぞ。何がいい？」

「いらないよ。欲しいものないもん」

「子供なんだから、遠慮するな。本当に何でもいいんだぞ」

すると彼はしばらく考えてから、絵が欲しいと言ったのだ。

「俺だけのために描いた梓ちゃんの絵が欲しい」

その頃、俺はようやく画廊に絵が置いてもらえたばかりところで、まだ顧客なんて付いてもいなかった。

描きたいものを描く自由はあったけれど、将来の見通しは全くついていないと言ってよかっただろう。

「俺の絵なんて、貰ったってしようがないだろ？」

「そんなことないよ。凄く欲しい」

「…まあ、そんなに言うなら小さいのを描いてやってもいいけど」

「ホント?」

「何を描いて欲しいんだ?」

「何でも、梓ちゃんが俺に描いてくれるものなら」

「曖昧だな」

「曖昧じゃないよ、俺のために描くものってちゃんと指定したじゃん」

「花とか、鳥とか、モチーフを指定しろって言ってんの」

「それは何でもいい。だって、絵って、心の中から浮かんで来るものでしょう? 梓ちゃんが俺に対して思い浮かべるものが何なのか、楽しみだよ」

生意気なセリフを、と思った。

何が心の中から浮かんで来るものだ、わかったような口をきいて、と。

だがそのセリフが、自分が昔口にしたものだと思い出すと、そんなことをまだ覚えていたのかという気持ちに変わった、
晶吾は、俺のことをちゃんと見ている。俺の言葉をちゃんと聞いている。

自分の絵が誰の目にもとまらないものなのではないか、この先誰も俺のことなど見てく

れないのではないかと、ちょっと心弱くなっていた頃だったので、彼の言葉は素直に嬉しかった。

晶吾は俺の絵を買ってくれる者ではない。

批評をしてくれる者でもない。

だがここに、本気で俺の絵を欲しいと言ってくれる人間が、一人だけはいるのだ。この先もずっと、こいつなら同じことを言ってくれるだろう。

それが心の支えになってくれた。

あの時、俺はすでに晶吾を忠犬みたいだと思っていたので、それを絵にしてやった。

ただ、犬では絵にならなかったので、ちょっとカッコよすぎたが、月下の宵闇を駆ける狼に変換して。

ずいぶん遅れてからそれを彼に手渡すと、晶吾はとても真面目な顔をして食い入るように絵を見つめていた。

「綺麗だ」

常とは違う少し低い声。

「俺、批評とか難しいことは言えないけど、この絵はとても好きだな」

「…お前に絵の批評なんか期待してないよ」

とは言うものの、俺の描いたものだから、ではなく、絵だけを見つめて口にしたその言葉が嬉しかった。

「うん。そうだね。でもほら、絵を見る人はみんな芸術家ってわけじゃないから、俺みたいな人間の言葉も悪くないでしょう?」

と言われた言葉がストンと胸に落ちる。

そうだ。

絵を見る人は大半が、ただ絵が好きな人か、偶然それを目に留めた人なのだ。

技巧に凝っても、テーマを複雑に構築しても彼等には関係ない。人の心に訴えるものでないと。

けれど、俺はそれを言葉にはしなかった。

気づかせてくれてありがとうとも言わなかった。

気恥ずかしかったから。

「一生大切にする」

そう言って彼が俺を抱き締めた時、怒らなかったのはそういう感謝や負い目みたいなものがあったからだ。

晶吾の腕に包まれて、ぎゅっと抱かれて、いつもなら何するんだと一喝するのに、じっとしてやっていた。

人に抱き締められるというのも久し振りだ、なんて考えながら。

まるで彼の方が自分を包めるくらい大きな存在みたいな顔をしても、その時だけは特別におとなしくされるがままになってやった。

「大好き」

と言う言葉も、うざいなんて言わず、聞き流してやった。

晶吾の言葉は自分にとって、植物に注がれる水のようものだった。

だからとても大切だった。

彼が、じゃない。彼の言葉が、だ。

これからも、きっと変わらずにそばにいるだろう。

幾つになっても、彼だけは自分に言葉を与えてくれるだろう。

そう思っていたのに、今回の一件で、晶吾も自分のそばから離れてゆくことがあるかもしれないと気づいた。

俺よりも大切な人間ができたら、俺の絵よりも興味を向けるものができたら、あいつは簡単に姿を見せなくなってしまうのだ。

俺なんかいらない、と思ってしまうのだ。

それはショックというより、腹立たしい事実だった。

今までずっとそばにいたのに、そんなに簡単に離れてゆくなんて。

目の前で、俺の知らない女の子と約束していた晶吾。

お前はもう俺に言葉をくれなくなってしまうのか？

俺のことを忘れてしまうくらい、その女はいい女なのか？

可愛くて、バカみたいなお前をそのまま受け入れてくれる相手なのか？

外見だけに騙されて、お前を俗物に変えてしまおうとするようなヤツじゃないのか？

お前は俺にとって大切な…、批評家だ。

芸術論なんかわからなくても、技法なんかわからなくても、俺の絵を『普通の人の目』で評価してくれる、希少な人間だ。

だから、見知らぬ他人にお前を作り変えられるのは腹立たしい。

その彼女がお前に、俺の批評家に相応しいのかどうか、俺には知る権利がある。

稲葉晶吾の恋人には興味なんかないけれど、俺の批評家に影響を与えようとしている人物には、俺から彼を取り上げようとする人間は気にかかる。

これは芸術家として当然のことだ。

「俺は正しいことをしてるだけだ」

と言い訳して、俺はその『誰か』を見に行こうと決めた。

彼のためではなく、自分のために。


週末、土曜日。

会話から漏れ聞こえたS田駅に、彼等が約束していた一時よりも前に到着し、改札がよく見える柱の陰で様子を窺う。

冷静になると、何をしてるんだという気持ちになったが、それでもここまで来てしまった以上後に引くこともできない。

もし見つかったら、偶然自分もここに用事があっただけだと言えばいい。

幸いなことにここは大きな街で、駅ビルには画材屋も入っていた。

この間彼に色々買って届けてもらったばかりだけど、あれは重たいものだから頼んだだけで、他にも使うものは幾らでもある。

そうだ。

俺はここに買い物に来たついでに、晶吾の様子を覗いているだけなのだ。

駅前は待ち合わせの人が多く、犬を連れたおばさんやら、小学生くらいの二人連れやら、スーツ姿のサラリーマンなどでごった返していた。

人が多いのはありがたい。自分が紛れ込むことができる。

どうせあの駄犬は一際大きいから、頭一つ出て見つけやすいだろうし。

一時になると、改札の前には数人のグループが陣取った。

その傍らに、OLっぽいスーツ姿の女性と、洗いざらしのジーンズを履いた、顔立ちの幼い女が立っている。

「…どっちかって言ったら、ジーンズの娘かな」

などと思っていると、ホームの方に見慣れた姿が現れる。

晶吾だ。

背筋を伸ばし、淡いモスグリーンのニットシャツにストレートジーンズ、メッセンジャーバッグを肩にかけた姿は、どこかいつもと違って見えた。

「…何だ、そんなにセンス悪くないじゃないか」

いつもと違って見えるのは、その顔にへらへらとしたあの笑いが無いからだ。

俺の前ではいつも笑ってばかりいるのに、にこりともしないその顔は精悍にさえ見えた。

晶吾が改札に近づくと、当たりをつけていた女達ではなく、固まっていたグループの連中が気づいて手を上げた。

「あ、来た来た」

「稲葉、こっち」

男共が晶吾に手を振る。

晶吾は気づいて足早に彼等に近づいた。

「結構集まってるな」

低い声。

それも俺の知ってる彼とは違う。

「あと二人だ」

「大丈夫、稲葉くんは時間通りよ」

髪の長い女子が、晶吾に近づいて、彼に触れる。

「そう、よかった」

だが彼はその彼女に一瞥だけくれて、最初に声をかけてきた男に向き直った。

「来てないの、誰?」

「林と猪瀬」

「また猪瀬か、遅れそうだな」

「まあな。あいつ時間通りに来たことないから」

学生ってのは声がデカいから、会話は隠れている俺のところまで聞こえてきた。

「一度電話入れた方がいいんじゃないのか？」

「一時を過ぎたらそうしようと思ってる。万が一時間通りに来たら可哀想だろ？」

にしても…。

声だけじゃなく、言葉使いまでいつもの晶吾とは違う。

シャツの袖口を捲って腕を組む姿は、子供のものではない。

言いたくないけど、男としてカッコよく見える。

「稲葉くん、何か考えてきた？」

「いや、何にも。こういうのは女の子に任せた方がいいだろ」

「電話で女の買い物は長いとか言ってたクセに」

「事実じゃん。ああ、でも、赤ちゃんの用品がいいかも。赤ちゃんができたことは祝うべきことだって意味で」

…それは俺が言ったセリフじゃないか。

「そうねえ。赤ちゃんの用品って結構高いし、使い捨てだから自分で買うのはためらっちゃうかもしれないし、いいかも」

「お宮参りの帽子は？　私、姉さんの子供の時に靴とセットにして贈ったら喜ばれたわよ」

「ああいうのって可愛いのが多いのよね」

女達のねらいがどこにあるのかわかってしまうくらい、彼女達は晶吾にばかり話しかけていた。

けれど晶吾は変わらずにこりともしない。

「その辺のことは女子で話せよ。市川の好みはわかんないから」

「稲葉、林来た」

改札からまた新しいメンバーがやって来る。

その男を見て、晶吾はやっとにやっと笑った。

俺の見たことのない『笑み』だ。

「ギリギリセーフだな」

「悪い、俺、駅までバスだから」

「遅れたのか？」

「土曜は運行表が違うっての忘れてた」

「しょうがねぇなあ」

『しょうがねぇなあ』？

あの晶吾か？

『しょうがないよね』でも、『しょうがないね』でもなく？

「あとは猪瀬だけだな」

「電話入れろよ」

「そうするか」

そこにいたのは、俺の知らない人間だった。

甘えて来る子供でも、駄犬でもない。

グループの中でも頼られる存在で、女の子達の熱い視線を受け、それでも飄々としている余裕のある男だった。

あいつが、俺の前でだけ芝居をしていたとは思わない。

それほど器用なヤツだとは思えないし、思いたくない。

けれどあそこにいる晶吾と、俺の晶吾は違う。

きっと、子供の頃からの付き合いだから、俺の前だけでは子供っぽさが抜けないのだ。

いつまでも俺の前でだけは子供でいたいのだ。

そうは思っても、ショックだった。

今まで、あいつは俺にだけ甘えて外に友人などいないのではないかと心配した。外でちゃんと人とやっていけるのかとも思った。

だがそんな心配は全て杞憂だったのだ。

「稲葉、今日は最後まで付き合えよ。いつもさっさと帰っちゃうんだから」

「ああ、わかってる」

「大体お前、何やってるわけ？　俺達の誘い断ってまで」

「この間はずっと付き合ってただろ」

「あれが普通なんだよ。バイトでも入れてんのか？」

「…ちょっとヤボ用」

「意味深だな」

彼が自分のところを訪れるのも、他に行き場所がないからだと思っていたが、それも違うのだ。

わざわざ友人達の誘いを断って来ていたのか。

でも俺のところへ来るのは『ヤボ用』なのか。

「もしもし、猪瀬？　何やってんだよ、みんなもう集まってんぞ。家は出てんだろうな？」

携帯を片手に声高に話す晶吾の友人の声を聞きながら、俺はそっとその場を離れた。

見つかりたくない、絶対に。

「この間のレポート、どうした？」

「俺まだ出してないんだよな」

自分が入れない世界の会話など聞きたくない。

人込みに紛れて、遠く、遠く。一分、一秒でも早く彼等から遠ざかりたい。そう思って目に映った行き先も知らないバスに乗り込んだ。

あれは、彼が先日言っていた出産と結婚のために大学を辞めなければならない女子のためにお祝いを買う集まりなのだろう。

デートなんかじゃなく、大学の友人の集まりなのだろう。

けれど、彼のデート現場を見てしまうより、俺にとってはショックだった。

晶吾は、俺の…、俺だけのものではないと、思い知らされてしまったから。

「…笑えるな」

晶吾はあのアトリエから離れても、あんなに友人がいる。誘ってくれる者もいる。行く場所はいくらでもあるだろう。あそこに集ってい友人の数、きっとそれ以上に。

でも俺はこんなに傷ついているのに、行く先がない。

乱暴な運転のバスに揺られて『どうしよう』と思うだけだ。

体格だけでなく、もうとっくに人としてもあいつに追い抜かれていたのだ。そんなことにも気づかず、上から目線で偉そうに彼を扱っていた。

なんと滑稽なことだろう。

来るなと言っても付いて来る晶吾。

俺の世話を焼くのが当たり前みたいな顔をして、やって来る弟分。

でもそれはきっともうそう遠くない未来に、自分の手から擦り抜けていってしまうものなのだと思い知らされてしまった。

「…クソッ」

胸が苦しくて、俺は窓の外に目をやった。

流れてゆく見知らぬ住宅街。

見るものなど何もないのに、前を向くことができなかった。

まるで、今の現実から目を逸らそうとしてるみたいに、行く先を知りたいとも思わず、ただずっといつまでもこのバスが走り続けてくれればいいのにと願った。

今の二人の関係が、ずっと続けばいいのにと思うように。

けれど、終着は必ずやって来る。

そうしたら、俺は一人で見知らぬ場所に降り立たなければならないのだ。

「次は、青柳三丁目、青柳三丁目。能代製菓店へおいでの方はこちらでお降りください」

それは、酷く象徴的な現実だった…。


結局、終点までバスに乗り続け、そこからまた折り返してきただけの小さな味気のない冒険を終えた俺は、もう晶吾達の姿のなくなった駅を抜け、家へ戻ってきてしまった。

玄関先で靴を脱ぎ、座り込む。

「ホント、象徴的…」

自分はここから出て行くことができない。

絵を描くためとはいえ、彩香の言う通り、これではまるで引きこもりだ。

それでも晶吾がここを訪れてきてくれている間は、あのうるさい口が外の世界の話を持ってきてくれた。

芸能人の誰がどうしたとか、年寄りが強盗事件にあって物騒だとか。駅前に新しい店ができたとか、あそこのうどん屋に変な新メニューが出てたとか。

煩わしくて余計だと思っていたものが、なくなるかもしれないと思った途端必要なものだったのだと気づかされる。

あいつが来るから、俺は新しい情報を仕入れようという気になっていた。知らないと、晶吾にバカにされるかも。それは許せないことだ。そう思ってテレビや新聞に目を通していた。

でも話す相手がいなければそんなことすらしなくなるであろう自分を知っている。

先週、晶吾が来なかった時に話をしたのは家族以外では中野さんだけだった。しかも話題は仕事のことだけだった。

世間話なんて、何にもしなかった。

これからはきっとそうなってゆくのだ。

ただ食って、寝て、絵を描いて…。

別にそれだっていいじゃないか。画家だったらある意味理想的な生活だ。

そう思おうとしても、虚脱感は消えなかった。

「…このままでいてもしょうがないな」

どれくらいそうしていたのか、板の間に座っていた尻が痛くなり始めたので、立ち上がって奥へ行く。

カバンだけを寝室に置いて、アトリエに向かう。

絵を、描こう。

絵を描くためにここはあるんだ。

それが俺のしたいことなんだから。

そう思って真っ白なカンバスを目の前にしても、頭の中には何も浮かばなかった。

筆を握る気さえ起きない。

俺は…、こんなに晶吾に依存していたのだろうか？

でも、あいつは俺のものではないのだ。

このまま頼り続けていたら、いつか彼が訪れなくなった時に、立ち上がることすらできなくなってしまうかもしれない。

そんなみっともないこと…。

ズボンのポケットで、携帯電話が鳴り響く。

取り出して確認すると、届いたメールの発信者は晶吾だった。

その名前を見ただけで今は胸が詰まる。

機械的な動きでメールを開くと、そこにはいつもの様子の文面があった。

『今、出先です。すごく可愛い昼寝枕見つけたので買って行きたいんだけど、梓ちゃんは犬と猫とどっちがいい？』

バカだ。

友達と一緒の時に、こんなことメールして来るなよ。

電話の向こうに誰がいるのか、どこにいるのかわからないから、今までもあいつが一人でせっせとメールをしているのだと思っていた。

だがそうじゃなかったのかもしれない。

あいつはいつも人に囲まれて、ふと思い出した時だけ俺に声をかけて来ていたのかも。

先週姿を見せなかったことが、今になって重くのしかかる。

あれが期間限定の不在ではなくなる日が来るのだ。

あんな日々が、これから続くのだ。

でもそれが当然のことなのだ…。

俺はそのメールに一言だけ返信した。

『犬が好き』

その『犬』の文字が、頭の中で晶吾に変換される。

晶吾が好き。

「まあ…、都合のいい駄犬だったよな」

寂しいと感じているのが事実でも、それを認めたくなくて、俺は携帯を閉じて呟いた。

「でもいなくたって何とかなるさ」

それが本当かどうかは別として、今声にして言わないといけない気がして。

この孤独感を、誰かのせいにしたくはなくて。


その日は、何もする気が起きなくて早くに眠ってしまった。

けれど翌日は、スッキリと目が覚めて、描きたいという意欲が湧いた。

喜びも悲しみも、寂しさでさえも、自分にとっては糧になるというのは、心強い感覚だった。

「睡蓮か…。そろそろ考えないとな」

クロッキー帳を持ってきて、広いアトリエの端っこの壁にもたれ、膝の上にそれを広げる。ちゃんとテーブルに向かうより、この方が好きなので。

一本の線が、重なって形を作る。

何だかわからないものが、自分の思い描いたものを形にする。

その瞬間が好きだ。

全てが自分の思い通りにはいかないけれど、絵ならば何度でもやり直せる。納得がゆくまで、時間をかけられる。

だが現実はそうはいかない。

もう一度やり直せるものなら、もっと早くにあいつをここから追い出すだろう。

彼が必要だと感じる前に距離を取り、あいつ以外の人間をテリトリーに入れて、浅く広く親交を持つということも考えたかもしれない。

でも流れてゆく時間に、やり直しはきかないから、ここで決断しなければならない。

右か、左か。

一度選んだら、もう選び直しはきかないし、戻って来ることもできない。

「ホント小さかったんだよな」

もみじみたいな手だった。

爪も小さくて、すがって来ると払いのけることが罪悪のような気がしていた頃もあった。

ぎゅっと抱き締められて、大きいなあと感じるようになっても、あの小さな爪が忘れられなかったから、あれは子供だと思っていた。

でも、晶吾が子供ではないと知ってしまったからには、別の目で彼を見なくてはならない。

「いけない、いけない。絵に集中しないと」

ゆるいカーブをつけた線を、何本も引く。

それが重なって睡蓮の花弁を付ける。

今は、たくさんの花を描く気にならなかった。

咲くのはたった一輪でいい。

気持ちは、一つでいい。

描くことに熱中し、身体がその形に固まってしまうくらい動かずにいて、世界中に自分だけしかいないような気分に酔っていると、突然外界の音が耳に届いた。

ガラリと窓が開けられる音。

どうして、こんなに集中していても、こいつの来訪だけは気づいてしまうんだろう。

「梓ちゃん」

昨日は男前だった顔が、へにゃっと駄犬の顔で微笑む。

「どうしたの、そんな隅っこで」

「…邪魔するな、構想中だ」

「あ、ゴメン。顔上げてくれたからいいかと思って」

俺の空気を読むことに長けてきてるな。

「…まあいい。入れ」

「入ってます」

今日は、玄関から回れと言わなかった。

それは大抵俺の機嫌がいい時なので、彼は安心して上がってきた。

「イタタ…ッ」

一緒に立ち上がろうとすると、丸めていた背中が軋む。

「大丈夫？　いつからこうしてたの？」

「…九時ぐらいかな。今、何時だ？」

「もう一時だよ。そりゃ身体も固まるはずだよ」

近づいた晶吾の大きな手が、俺の背中に触れる。

温かい手は、ゆっくりとそこを摩った。

「いい、動けばすぐ治る。年寄りじゃないんだから」

「若くたって身体は固まるよ。そうだ、昨日メールした枕、持ってきたんだ」

友人達と一緒に選んだ枕か、と言いかけてその言葉を呑み込む。それは俺が知らないはずの出来事だから。

「お前、爪見せてみろ」

「爪？　はい」

目の前に差し出された手は、大きかった。

たった今背中で感じたよりも大きく見えた。

爪は、四角くて、硬そうで、白いところがちゃんと切ってあって、当たり前だけと男の爪だった。あの頃の片鱗すらない。

「汚れてないと思うけど…?」

「もういい。コーヒー淹れてやるから座ってろ」

「いいよ、俺が淹れるよ」

「いいから座ってろ。今日は俺が淹れたいんだ。…その枕、俺が頼んだわけじゃないから、プレゼントだろ?」

俺は彼の手に下げられた紙袋を見た。

あの駅の、駅ビルに入っている雑貨店のものだ。

「もちろん」

「じゃあその礼だ。インスタントのコーヒー一杯で済むなら安いもんだ」

まだ軋む背中を逸らして伸ばしながら台所へ向かう。

改装してもらって、システムキッチンが入ってはいるのだけれど、母屋のキッチンと違ってどうしても台所としか呼べない。

必要な分だけヤカンにお湯を入れ、沸くまでの間にカップとコーヒーを出す。

今日は、自分もブラックで飲みたい気分だったので、砂糖もミルクも出さなかった。

お湯はすぐに沸いたので、コーヒーを入れて座敷へ戻る。

晶吾は、どこか落ち着かない様子で俺を待っていた。

「ほら。濃いめだろ」

「ありがとう」

「みやげ、寄越せ」

「うん」

テーブル越し、晶吾が紙袋を渡す。

「開けていいか？」

「もちろん。見た瞬間ね、絶対喜ぶと思ったんだ」

紙袋の中には、平べったくて大きなものを、無理やり包んだ感のあるものが入っていた。

リボンを丁寧に解いて、包み紙を破る。

中から出てきたのは、子供の落書きみたいなフォルムの犬だった。

「何だこれ」

思わず笑ってしまう。

「ね？　可愛いでしょう？」

だが笑ったのは、彼が言うようにそれを可愛いと思ったからではなかった。

それ自体は確かに可愛くて、俺の好きなデザインだけど、その幼稚なフォルムが、俺から見た晶吾みたいだと思ったのだ。

単純化されて、本質から離れてる。

「ありがとう、嬉しいよ」

「よかった」

嬉しそうに微笑む彼を見て、俺は覚悟を決めた。

こうして、好かれてるうちに、決着をつけてしまおう、と。

「晶吾」

「何？」

「お前、もうここへ来るな」

「…え？」

彼の顔に浮かんでいた笑顔が固まる。

「それ、どういうこと？」

そしてすっと消え、表情を無くす。

「そのままの意味だ。母さんから合鍵預かってるんだろう？　それも置いていけ」

「梓ちゃん！」

不思議なほど、気持ちは落ち着いていた。

なんだ、大したことじゃなかったのかな、と思うくらいに。

「どうして突然そんなこと言い出したの？　俺、何か怒らせるようなことした？」

晶吾は身を乗り出して尋ねた。

「してないよ。ただ…」

「ただ？」

「お前もここ以外に行くべきところがあるだろうって話だ」

「そんなものない」

「バカ、大学の友人とかともっと遊べって言ってるんだ」

「そんなの、いらない」

「いいか、学生時代なんてすぐに終わるものなんだぞ。社会に出てから後悔したって遅いんだ。今ちゃんと友人関係を築かなくてどうする」

「梓ちゃんに言われたくないよ。俺はちゃんと友達いるもん」

その言い方にカチンと来た。

そりゃ確かに俺は友人は少ないかもしれない。年がら年中ここに入り浸ってるお前はそのことに気づいてるかもしれない。だがそれを言われたくはない。

「俺は一人でいる方が好きだからいいんだ。でもお前は人恋しいタイプだろ」

「俺だって、別に一人でだって平気だよ」

「平気と好きは違う」

「でも俺がいなかったら梓ちゃん、まともな生活もできないじゃん。食事はどうするの？　片付けだってしてないし」

何だ、その恩着せがましい言い方は。

「食事は母屋に行けば母さんが作ってくれる。片付けなんて…、人間部屋が散らかってるからって死ぬことはないから平気だ」

「何言ってんの、部屋が汚れてるとカビやダニでアレルギーになったりするんだよ」

「嫌なこと言うな」

「言わなきゃわかんないじゃん」

「とにかく、お前だってもう二十歳過ぎてるんだから、ここにばっかりいたら彼女もできないぞ。一応お前だって、背は高いし、顔だって悪くないんだから、俺のことなんか忘れて恋人でも作れよ。その方が人生楽しいだろう」

「そんなものいらないよ。どうせ梓ちゃんだっていないんだし」

ふて腐れたその言い草に、さらに腹が立つ。

お前のために言ってやってるのに。

「二言目には俺を引き合いに出すな！　お前が来なくたって、他に俺の世話を焼きたがる人間ぐらいいいる。恋人だって作ろうと思えば作れるんだ」

「誰かいるの…？」

目の前で、ワガママを言ってた子犬の顔が消える。

さっきの、笑顔が消えた時よりももっと大きな、豹変と言っていいほどに。

「な…、なんだよ」

これは、俺の知ってる晶吾の顔じゃない。

昨日の、女の子達に声をかけられても受け流していた、男の顔だ。

「俺の代わりに誰かをここへ呼ぶの？」

「そんなの、俺の勝手だろ」

嫌だ。

自分の知らない男がここにいるのは。

俺の犬には牙はない。こんなに怖いとは感じさせない。

「とにかく、そういうことだから。お前、今日はもう帰れ」

「嫌だ」

俺の言葉に逆らうな。

そんな晶吾は知らない。

俺が知ってるのは、どんなことでも困った顔で受け入れるお前だけだ。

「誰がここに来るの？　学生時代の友達？　仕事仲間？　それとも俺の知らない人？」

声のトーンが低くなる。

「だからお前に教える義務はないって言ってるだろ」

晶吾は、突然テーブルに手をかけるとそれをグッと横へ押しのけた。

畳の上、テーブルが滑り、俺と彼との間の障壁が消える。

「許さないよ」

犬、というより猫科の獣のように、手をついてゆっくりと近づいてくる。

「何をだよ」

怖い。

だがここでビビるわけにはいかない。今離れておかないといけないんだから。

「俺を追い出して、他のヤツをここに呼ぶなんて」

「そんなの、お前には関係ない」

「関係ない？」

その一言で、俺の目の前から、晶吾が消えた。

キツイ眼差し、口元だけを歪ませて作る笑い。

見たことのない『男』。

咄嗟に、俺は彼から離れようと足を崩し、立ち上がろうとした。

だがその足首を大きな手が掴む。靴下を履いていないから、肌に直に彼の手を感じる。

「あるに決まってるじゃない。だって俺は梓ちゃんが好きなんだから」

さっきまで、俺を『梓ちゃん』と呼ぶ声は、子供のそれだった。だが今のは違う。『ちゃん』と付けることで、脅しを柔らげようとしているように聞こえる。

「俺だってお前のことは嫌いじゃない。嫌いで言ってるわけじゃない」

「違うよ。俺が言ってるのはそんな『好き』じゃない」

晶吾は掴んでいた俺の足首をグッと引っ張った。

「あ…！」

そのせいでずるっと腰が滑り、あやうく仰向けに引っ繰り返るところだった。

何とか肘をついて身体を支えたけれど、それでも座っているとは言い難い格好だ。

「歳も離れてるし、男同士だから諦めようと思ってたけど、梓ちゃん、ずっと可愛いままなんだもん。諦めきれなくて」

「何言ってんだよ…」

「それでも我慢してたんだ。寝込みを襲いそうになったから、慌てて距離を取ってみたりして。でもダメだなぁ」

彼が、掴んだ足首を持ち上げて俺の足を顔に近づける。

そして頬に足の甲を擦り寄せ、キスするように唇を押し付けた。

「バ…、バカっ！」

その微妙に感触にゾクリと鳥肌が立つ。

「他の人になんか絶対渡せない」

「晶吾！」

「好きなんだ。逃げないで。他のヤツなんかここに入れないで。何でもしてあげるから、他のヤツになんか梓ちゃんの世話はできないよ。だって、俺無しじゃいられないように何でもしてあげてたんだもん、俺が必要でしょう？」

足の甲に繰り返されるキス。

感覚が脚を伝って腰を疼かせる。

「言って、今のは嘘だって、俺が必要だって。今はそれだけでも我慢するから。でももし俺をここから追い出すなら、手が届かなくなる前に何をするかわかんないよ？」

飼い犬に手を噛まれるってのはこういうことだろうか？

おとなしいバカ犬だと思っていたのに。

「梓ちゃん？」

「こ…」

「何？」

「この、駄犬っ！」

俺は掴まれていなかった方の足で、思いっきり晶吾の腹に蹴りを入れた。

「いっ…！」

大きな身体を吹き飛ばすとまではいかなかったが、ダメージは充分与えられた。足首を掴んでいた手が離れ、俺は自由になり、痛みに耐えていた顔が再び俺を見た時には、いつものバカ犬の顔になっていた。

憑き物が落ちたかのように。

「酷いよ、思いっきり蹴るなんて…」

「蹴られるようなことをしたからだろう。人のあ…、足なんか嘗めて…！」

言うだに恥ずかしい。

「嘗めたんじゃないよ、キスしたんだよ。本当は唇にしたかったけど、それは嫌だろうと思ったから、身体の一番端っこならいいかと思って」

もう俺を怯えさせた牙は見えず、代わって垂れた耳と丸まった尻尾が見える。

「却ってエロいわ！」

「でも…」

「でも、じゃない」

「だって…」

「だってでもないだろう。言いたいことがあるなら、人を脅さないではっきり言え。だからお前はバカ犬なんだ」

「言っていいの？」

キツかった眼差しが、くりんとした目に戻ってる。

この目には、弱いのだ。こいつがチビの頃から。

俺しか見ていないから。

それが嬉しくて。

「聞くだけ聞いてやる」

結局、いつも俺はこの目に負けてしまう。

「梓ちゃんのことが、本当に好きなんだ。ずっと、ずっと、子供の時から。大学の友達なんかより、親より。梓ちゃんさえいれば、他の何にもいらないくらい」

…それが本当なら、子供の頃、うちに預けられっぱなしで可哀想だと思ってやってた俺は何だったんだ。

「好き」

もう獣の顔ではなかったが、這うように近づいてくる晶吾に気圧されて壁際に追い詰められる。

「お願いだから、他の人のものにならないで」

計画的に、俺が依存するようにしてたことは腹立たしい。

うまうまとそれに乗っかって、お前が自分から離れたら寂しいと思ってしまった自分も腹立たしい。

お前から離れたくないと思ってたことも、それでも自分が悲しかろうとお前のために別れなきゃならないと覚悟したことも、恥ずかしくなるくらいハメられた感がある。

だが、幸いなことに、その俺の気持ちはまだ晶吾にはバレていなかった。

俺の返事を『お待ち』している目の前の駄犬にとって、俺はまだ主人の立場にいた。

「…俺は、友達だっているし、恋人だって作ろうと思えばいくらだって作れる。お前なんかいなくたって、生活には困らない」

「…そんな」

「でも」

恥じらいから、顔を背ける。

「お前が俺の友人で、恋人で、家政婦になるって言うなら、しばらくはお前で間に合わせておいてもいい…」

でもそれはするべきではなかった。

「嬉しい。なる、全部なる」

横を向いていた俺の唇に押し付けられる温かく柔らかいもの。

「な…！」

目の前、息がかかるほどの近さにある晶吾の顔。

「何してんだよ！」

「え？　キス」

「なんで…」

「だって、恋人にしてくれるんでしょう？　だったらキスくらいいいじゃん」

もうすでに壁際まで追い詰められていたから、それ以上逃れることができなかった。

「好き」

今度は近づいて来る唇がちゃんと見えた。

でも逃げられないいんだから仕方がない。

「ん…」

俺は芸術家で、理論派じゃない。

感覚が全てに優先する。

理屈ではなく、一瞬で理解してしまう。

あ、これが自分の望んでいたものだ、と。

一本の線がたくさん重なって形を作るように。

晶吾がずっと俺のそばにいたがったこと。子供なんてそんなに好きじゃないのにこいつだけはそばにいることを許してしまったこと。

妹の彩香でさえ勝手に入ることを許さないアトリエに彼だけは出入り自由にさせてたこと。

どんなに集中してても彼の来訪には気づくし、背後からの視線を感じてしまうこと。

可愛い女の子に声をかけられても軽く受け流す晶吾が、俺の言葉には尻尾を振ってよって来ること。彼が十日やそこら姿を見せないからってイライラしてしまったこと。

こいつが離れてしまうと思ったら、絶望的な孤独感を感じたこと。

自分の他に友人でも恋人でもつくれるのだと知った時、互いに感情の抑えがきかなくなってしまったこと。

こうして男同士でキスしてるのに、全然気持ち悪いと思わないこと…。

幾つもの事象が、真っ白な紙に引かれて一つの絵を描くように、これが『恋』だという結論を形作る。

少し歪な、歪だからこそ美しい花のように。

「…や」

キスで求められている間に、壁によりかかっていたはずの身体がずるずると畳の上へ倒れ込む。

晶吾の大きな身体は俺を覆い隠すようにのしかかって来る。

「やめ…、ばか…」

キスだけじゃなく、大きい男の手が、シャツの裾から中へ入り込む。

冷たい手の感触に、また鳥肌が立つ。

違う。

彼の手が冷たいんじゃない。俺の身体が熱いのだ。

「晶吾…っ」

手で胸を押し戻すが、ビクともしない。

「ごめん…。我慢できない」

顔を背けると、唇は耳を濡らした。

「…あっ」

思わず声を上げてしまうから、更に身体熱くなる。

「ずっとこうしたいって思ってたけど、叶わない夢だと思ってた」

「そのまま夢に…しとけ…」

「ダメだよ。もう触っちゃったから」

シャツの中で、指先が胸を探り、突起を摘まむ。

「ん…っ」

押し戻すための手が、彼のシャツをきゅっと握る。

「や…」

制止のはずの声が、喘ぎのように甘く響く。

晶吾は犬みたいに俺の耳を舐め、首筋を舐め、再び唇に戻ってくると唇を舐めた。

力が入って硬くなった舌先が、唇の輪郭を辿るように動く。

そういえば、寝込みを襲いそうになったってことは、うたた寝してた時に頬や唇に感じた指先は夢じゃなかったんだ。

もう少し眠りが深かったら、何してたんだ、こいつ…。

「梓ちゃん、可愛い」

差し込まれていた手が、一気にシャツを捲る。

「おま…、年上を…」

「関係ないよ。ずっとずっと可愛いって思ってたもん」

彼の顔が、胸に移動し、舌が胸の先を濡らす。

「あ…ッ　やめ…っ」

そこまでは、百歩譲って許してやってもいい。

キスを受け入れてしまった時、ここまでは来るかなと思っていたから。

でもそこから先は想定外だ。

「…晶吾っ！」

ズボンにかかる手。

反応してる俺の股間を撫でたかと思うと、いきなりファスナーを下ろして中に手を入れてきた。

「…あっ」

指が…。

「よせ…っ」

俺のを握ってる。

「無理。だってこんなチャンス二度とないかもしれない。我慢なんかできるはずないよ」

絵描きとしての想像力が、感覚だけでその光景を脳裏に映す。晶吾の指が俺のものを包みこみ、ゆっくりと動いてる。その様がありありと目に浮かぶ。

こういうことに慣れてないどころか、他人にこんなことをされるのが初めての身体は、
あっと言う間にソコを硬くした。

まずい…。

このままじゃ…。

「に…、二度でも、三度でも、チャンスをやるから…。今はよせ…っ」

その言葉に手が離れたから、聞き分けたのだと思った。

だがそうではなかった。手は俺のズボンを脱がすために動いただけだった。

「晶吾…！」

「ちゃんと解すから、大丈夫」

「解すって…」

「するのは初めてだけど、ちゃんと調べてあるから」

指が、足の奥に差し込まれ、更に奥を探る。

「あ…、あ…っ」

胸を濡らしていた唇も下へ移動し、屹立していた箇所を口に含んだ。

「あ…っ」

唇を噛み締め、熱を吐き出すギリギリのところで持ち堪える。けれどもう言葉で彼を制止させることができなくなってしまった。

噛み締める力を緩めれば、きっと恥ずかしいくらいの声を上げてしまう。

声だけならまだしも、俺のモノを咥えてるバカ犬の口に…。

「んん…っ」

こっちの苦しみも知らず、指が目的地を見つけ、潜り込もうとする。

首を振って拒否を訴えるが、下半身にある彼の顔がそれを見ることができるわけがなかった。

だから指はぐっと差し込まれてしまった。

「ん…っ、う…」

俺の、躾が悪かったんだ。

いつも最後のところで折れてしまうから。

よく言うじゃないか、ペットを躾ける時は毅然とした態度を取りましょうって。どんなにしょげてても泣いても、怒る時は怒りましょうって。

今だってキスされた時に『これで終わり』って言えばよかった。

シャツの中に手を突っ込まれた時点で、蹴り飛ばしてやればよかったんだ。

「あ…っ！」

指が中で動くから、噛み締めていた唇を開いてしまう。

それでもイかなかったのは、後ろに差し込まれた指の違和感と彼の口が離れてくれたおかげだった。

「やっぱりキツイね」

当たり前だ。

「一回出す？　そうすると楽になるって言うけど」

「い…やだ…」

一回だって、二回だって、人前でホイホイ出せるかという意味だったのに、このバカは自分の都合のいいように誤解した。

「じゃ、つらいかもしれないから後ろから…」

「いや…っ！」

彼のしたいことがわかって、抵抗するが、もう快感に溺れた身体には、彼をはね退ける力など残っているはずがなかった。

「やめろって…」

うつ伏せにされ、腰を引き寄せられる。

高くされた腰にキスされる感触。

「バカ犬…っ！」

「うん」

認めればいいってもんじゃないだろう。

「バカで、犬だから我慢できない」

舐めるな。

「あ…、いや…っ」

前を握るな。

手を動かすな。

「…ごめんね」

謝るな。

「あ…、あ…あっ！」

痛い。

獣の鋭い牙が、肉を引き千切るように、彼に身体を裂かれる。

「あ…ぁー…っ」

「ん…、キツ…」

バカ、と百万遍頭の中で繰り返した。

最低だ、お前なんか絶対許さない。

もっと俺を大切にするべきだろう。ちゃんと『恋人』にしてやるって言ってやったのに、こんなにガッついて。

どうして我慢ができないんだ。

もう逃げたりしないのに。

ちゃんと仕切り直したら、ちゃんと抱かれてやったのに。こんな力づくで…。

「梓…」

でも…。

結局犬の不始末は飼い主の責任だから、悪いのは俺だった。

「好き…。世界で一番、梓が好きだ」

掠れた男の声でそう言う晶吾の言葉を聞いたら、しょうがないと思ってしまう俺の甘さがいけないんだ。

「し…」

重なる身体。

シャツを捲られた背中に感じるキス。

俺の中に埋め込むだけ埋め込んで、痛みを与えぬよう動かずに我慢して、俺だけを気持ちよくさせようとする指先。

「晶吾…」

それが彼の本気とわかるから、許すとは絶対言わないけど、その名を呼んでしまう俺が甘すぎるのだから…。

「あぁ…」

「死ぬかと思った。お前に殺されるかと思った」

奥の座敷に敷かれた布団の中に横たわり、真横に鎮座して反省中の犬に説教。

「…ごめんなさい」

どんなに謝ったって、しでかしたことが消えてなくなるわけじゃない。

俺の言いたくもない腰の痛みとけだるさが、消えてくれるわけでもない。

「いやだって言ったよな?」

「…はい」

「待てって言ったよな?」

「…はい」

返事をするごとに、その大きな身体が縮んでゆく。

でも許しはしなかった。

「聞こえてたのにお前は言うことを聞かず、暴走したわけだ?」

「…ごめんなさい」

お前のことはとても好きだともう自覚している。

失いたくないとも思っている。

けれどそれとこれとは別だ。

「でも、本当に梓ちゃんのことが好きだから我慢できなくて…」

「好きってだけで何でも許されるんなら強姦罪はないんだよ！　…ッッ」

大声を上げた拍子に腰がビリッと痛む。

クソッ、この駄犬め。

自分の身体の大きさを考えろ。

モノは直視しなかったが、身体のサイズからしたら、初めての俺が死にそうな目にあうことぐらいわかっただろうに。

そりゃ、最後は忍耐力を駆使したかもしれないけど、結果は同じことだ。

「…大丈夫？」

「大丈夫なわけないだろ！」

心配そうに俺を見る黒い目。

あなたしかいないんです、許してくださいと訴える瞳。

いつも、この目に負けてきた。

甘やかして、付け上がらせてしまった。

「罰として、メシ作れ。アトリエの掃除もしろ」

「はい」

「もちろん、タダ働きだからな。それがトイレも掃除して、カンバスの張りもやれ」

「はい」

でも今回は、この痛みにかけても絶対に甘い顔はしないからな。

「それから、今後俺が『いい』というまでセックスは禁止」

「ええー…」

「『ええー…』じゃない。俺はちゃんと次も考えるって言ってやったのに、聞き入れなかったお前が悪い。もし強引にこんなことしたら、すぐに別れてやる。お前なんか恋人にしない、ここにも出入り禁止だ！」

「梓ちゃん」

咬み癖のある犬は、ちゃんと躾けなくちゃ。

だってこの情けない顔で俺を見てるバカ犬の飼い主は俺なんだから。

「約束しろ」

「…はい」

そして、躾が終わるまでは、飼い犬にはしっかりと鎖を、だ。

それがルールだから。

それが自分の身の安全のためだから…。

リードを放しても…

「梓《あずさ》ちゃん大好き」

　と言って俺を追いかけてきた可愛い子犬みたいに小さい六つ年下の近所の子供、稲葉《いなば》晶吾《しょうご》は、すくすくと育ち、育ち過ぎて俺を追い抜いた。

　大学生になり、巨大生物となってもまだ俺のことを『梓ちゃん』と呼ぶし、何でも言うことをきくし、すぐヘタれるから、俺は安心していた。

　たとえ背が高くなっても、男っぽい雰囲気を纏うようになっても、こいつは自分より立場が下の人間だ。

　自分がどんな風に扱っても、絶対に離れて行ったりしないと。

　だが…。

　彼には彼の世界があって、そこにいる時には自分の知らない顔をするのだと知った時、晶吾にとって自分は唯一の存在ではないのかも、と不安を覚えた。

　学生時代から絵を描き、それを職業としている今もアトリエに籠もりっきりで、人付き合いの疎遠な俺の方が、彼に依存していたのかもと気づいてしまった。

　だから、年上の自分としては大人の分別ってヤツで彼にもう自分のところへ来なくてもいいと解放してやったのだ。してやったつもりだった。

　なのに子犬は育って駄犬となり、突然俺を襲ったのだ。

「ごめんね」

と繰り返しながら、ずっと俺に恋をしていたと、俺だけが欲しくて、それ以外のものなんかいらないと。

そういうことなら仕方がない。

俺は趣味が悪くて、この駄犬を気に入っていたのだ。

小さい晶吾も。

バカな晶吾も。

大きくてカッコよくなった晶吾も。

俺、石原《いしはら》梓は好きになってしまっていたのだから。

離れのアトリエで絵を描いている俺のところへ、今日も晶吾がやって来る。

「梓ちゃん」

と声をかけ、庭から勝手に上がりこむ。

「ご飯買って来たよ。一緒に食べよう」

今までと全く変わらない態度で。

「お茶淹れるから、一緒に食べよう」

かわいこぶっても、もうお前には牙が生えてることを知っている。

隙あらば俺を喰おうとする獣だと知っている。

それでも、不本意ながら俺もお前がいないと寂しいから、お前のことを一番好きだから、離れることができない。

晶吾は、顔はいいけど『いい男』ではないと。こいつは単なる駄犬で、バカ犬で、きちんと躾けなければならないのだということがわかっていても。

俺はまだ、上手く駄犬を躾けることができなかった…。


「梓ちゃん」

いつものように、駅前で弁当を買って来た晶吾が、勝手知ったる何とやらで庭からアトリエに入って来る。

「ご飯食べた？」

まだ絵を描いている最中だったのに、俺は筆を止めて彼を見た。

「…いや。ちょうど腹が減ったと思ってたところだ」

空腹は感じていたからまったくの嘘というわけではないけれど、それは筆を止めたから気づいたことであって、腹が減ったから手を止めたわけじゃない。

「ナイスタイミング。じゃ、ご飯食べよう」

「ああ」

本当に困ったことに、俺は最近このバカ犬を叱れない。

以前なら、声を掛けながら入ってくるなとか、玄関から回って来いとかポンポン言えたのに、どうもそのタイミングが計れない。

理由はわかっていた。

晶吾に、ここ以外の場所があると気づいたからだ。

これまで、俺は晶吾が自分と同じようにこの離れ以外に行く当てなどないのだと思っていた。

俺が追い出したら、彼の行く先は自宅に帰ることだけだと思っていた。

だが、一度彼の後を付けた時、晶吾が大学の友人達と会っているのを見てしまったのだ。男もいた、女もいた。その連中がみんな、こいつを頼りにし、気を引こうとしていた。

「今日はね、鳥の甘酢掛け。ピーマンのいっぱい入ってるとこ選んできたよ。梓ちゃん好きでしょう？」

晶吾が未だに俺のことを『梓ちゃん』と呼び、甘えたような口調で喋るから、外でもこいつはこんな風だと思い込んでいた。

けれど、そうではなかった。

友人達の前では、ぶっきらぼうで、愛想も振りまかず、言葉数も多くはなかった。

自分の知らない顔。

だからこそ彼を解放しようと思ったのだけれど、彼はやはり自分の前では甘ったれたバカ犬だったので、安心していたのだ。

そして彼の気持ちを信じられた。

なのに、身体を与えて恋を口にしてから数日経って、突然自分の心の中にポツンと黒いシミが落ちた。

あれも晶吾の一部なんだ、と。

俺の知ってる晶吾は、裏表のないヤツだった。そのことは今も疑ってない。だからあの時の俺の知らない顔も晶吾だ。

芝居をしたり、使い分けてるわけじゃない。こいつはそれほど器用じゃない。

興味がないとか、他のことを考えてるとか、そういう変化が態度になって表れただけなのだ。ああいうふうに振る舞いたい気分だったから、そうしていた。

ただそれだけだったのだ。

だとしたら、あの知らない顔を、いつか俺に向ける時が来るかもしれない。

ポツンと落ちたシミは、気づいてしまうとどんどん広がっていった。

彼が自分に興味をなくしたら。

一生懸命にフリスビーを追い回していた犬が、遊び飽きるとそれを主人のところに持って帰ってもこずに打ち捨てる。

そんなふうに自分に興味をなくしてしまったら？

あの顔を、俺にも向けるかもしれない。

身体は与えた。

気持ちも与えてしまった。

晶吾がバカだからまだ気づいてないけれど、俺の友人も、恋人も、お前一人でいいと、そう聞こえるようなことを口にしてしまった。

そのことにもし彼が気づいてしまったら？

恋愛の上で、本当に立場が上なのは自分だと思ったら？

晶吾がここを訪れなくなったら、全部終わりだ。

俺なんて、六つも年上だし、楽しいことを知ってるわけでもない。ただあいつが小さい内に優しくしてやっていた近所のお兄さんってだけ。まるで生まれたてのヒナが目の前にあった一番最初に動いたものを親と思うように。一番最初に優しくしてくれた人間に恋をしただけかもしれない。

彼が離れたいと思って離れて行ったら、俺がいくら追いかけたって手は届かない。

彼には俺以外のものをいっぱい持っていて、興味などすぐに移せる。晶吾を好きな人間はいくらでも次の順番を待っている。

もし自分が全てをくれてやったら、そうなるのかもしれない。

満足させたら、そうなるかもしれない。

それは、とても怖いことだった。

だって、俺は彼の体温を知って、もう失いたくないと思っているのだから。

「梓ちゃん、どうしたの？　さっきからずっと黙っちゃって」

食事を終え、二人でお茶を飲んでると、かけられる言葉。

「別に。ちょっと考え事してた」

「また仕事のこと？」

「…まあそうだ」

沈黙が気まずくて、リモコンのスイッチを入れてテレビを点ける。

部屋に満ちる軽い音楽と人の声に少しほっとして、観たくもないテレビを見る。

「ねえ、そっち行ってもいい？」

「…別に」

許してやると、彼はテーブルを回って俺の隣に座った。

今までは、俺に近づくことも遠慮がちだったのに、最近の晶吾は違う。したいことはしたいとハッキリ言うし、より近くにいようとする。

これはまだ俺に興味がある証拠。

こういう時、すぐに応えてはいけない。

犬は逃げれば追うが、追えば逃げるものだから。

「ねえ、梓ちゃん」

「何だよ」

振り向いて、少しは自分の方が甘えてみたいと思うけど、甘えて逃げられたらバツが悪いから振り向かずに問い返す。

「今、急ぎの仕事とか入ってる？」

と言いながら、彼はわざわざ伸ばした手で俺の身体の前にあった手を握った。

すっぽり背後から包まれるような格好になるのは悪い気はしない。

「何すんだよ」

でも満足させちゃダメだと慌てて手を振り払って叩いたけど、こいつは全然動じていなかった。

前なら、あっと言う間に逃げて、尻尾を丸めてたのに。

これ自体は悪いことじゃないけれど、『今までと違う晶吾』が、これからも彼は変わってゆくのだという証拠に感じてしまう。

「手ぐらいいいじゃん」

「俺は今テレビ観てんの」

「見ながらでもいいよ。手だけ」

これ以上拒み続けると、『じゃもういいよ』と去られるのが怖くて、背後に寄り添って座った彼に腕だけ突き出す。

「ん」

「…何？」

「手だよ。手が欲しいんだろう？」

「いや、そうじゃなくて…」

「今『手ぐらいいいじゃん』って言っただろ。だから手ぐらいならいいよ」

「そうじゃなくて、俺はこう…、梓ちゃんを抱き締めたいっていうか、感じたいって言うか…」

うん。それはわかってる。

俺もそうされたら嬉しいかなって思ってる。

「ウザい」

でもそれを認めるのはまだ早い。

「ウザ…って…」

「俺は今テレビ観てるって言ってるだろ」

お前が背後に座ってるから、意識がそっちに集中して内容はわかんなくなってるクセに、そう言ってしまう。

「俺の邪魔するなら帰れ」

「邪魔じゃないじゃん。恋人を抱き締めたいって普通のことだろ?」

と言いながら、それでも俺が差し出した手を握る。

『恋人』と呼ばれることも、俺より体温が高い大きな手が、すっぽりと俺の手を包むのも悪い気持ちではない。

むしろちょっと気持ちいい。

だから困るんだ。

先のことなんか考えずに、今だけ良ければいいじゃないかって思ってしまうから。

でも俺はこのバカ犬とは違う。ずっと先のことまで考えてしまう。

いつまでも好きでいて欲しいって願ってしまう。

だからそのために努力したい。

「いつでもどこでもベタベタしてるカップルってバカっぽくって嫌いだ。『そういう時』が来たら別にいいけど、普通の時まで纏わり付くなよ」

気のないフリ。

「だって、今二人きりじゃん。今は『そういう時』じゃないの？」

もっと努力しないと、まだまだ俺は『お前のもの』じゃないというアピール。

「俺はこのテレビ見たらまた仕事するの」

だからまだ飽きてはダメだと。

「急ぎ？」

「急ぎじゃなくても、絵はのってる時に描かないとダメだってわかってるだろ。それとも何か？　お前は俺が絵を描くのを邪魔したいって言うのか？」

晶吾はその一言で黙った。

昔から、こういうところだけは聞き分けがいいのだ。多分、両親が共働きで、迷惑をかけてはいけないと教え込まれているからだろう。

それを思うと優しくはしてやりたい。

「せっかく恋人になれたのに…」

「なったから何だよ」

「色々したいじゃん」

俺は握られていた手で、彼の顔を殴った。

「バカか。そんなことホイホイするわけないだろ」

本気で殴ったわけではないから、晶吾は『痛い』の一言も言わなかった。

「そんなことって、何だと思ってる?」

…少し頭を使うようになったじゃないか。でもそんな質問で怯むような俺じゃない。

「ベタベタすることだろ」

「したくないの?」

「したくない」

即答すると、彼は一瞬間を置いた。

さすがにショックだったのかな? と反省しかけたところに、また問いかけてくる。

「恋人になったんだから、今までと違うことしたいと思わない?」

懲りないな。いいことだ。

「別に」

「俺はしたい」

「うるさいな、テレビ聞こえないだろ」

「梓ちゃん」

我慢できない、というように肩をグッと掴まれる。

押し倒される、と思った俺は反射的にまた彼の顔を叩いた。彼には前科があるから。押し倒されたら、流されてしまいそうだから。

「イテッ」

今度はつい力が入ってしまったので、晶吾も声を上げる。

「わかった。何か考えてやるから今日はもう帰れ」

「えー…」

これ以上冷たくしきれないと思うから、譲歩を口にする。

「…俺も丁度外に出掛けたいと思ってたとこだから、今度メシ食いに出てもいいぞ。二人っきりで」

「ホント?」

外でなら、俺もお前も我慢がきくだろう。

「ああ」

「それってデートだよね？」

「お前がそう思いたいなら、それでいいんじゃないの。でもそんなに遠出はしないからな、俺はまだ仕事中なんだから」

「うん、いつ？」

「木曜日なら。木曜は丁度画廊に行く用事があるから、外で待ち合わせてやる」

「うん」

「時間と場所決めたら連絡してこい。だから今日はもう帰れ」

「わかった。じゃ、ここ片してから帰るよ」

一つの餌で満足して、晶吾が尻尾を振る。

大丈夫、まだこいつの興味は俺に残ってる。

俺はどうせ見てなかったテレビを消して、立ち上がった。

「もういいの？」

「木曜までに仕事が上がんなかったら、マズイだろ。お前も、木曜までは来るなよ、仕事の邪魔になる」

「…はい」

項垂れる彼を置いて、俺はさっさとアトリエに戻った。

どうせ筆を握ったって、家の中に彼の気配がある間は集中できないとわかっているクセに。

今、どういう態度を取っていいのかがよくわからなくて…。


「今日はまた、ずいぶん気合の入った格好だねぇ」

画廊に現れた俺の姿を見て、中野《なかの》さんはちょっと驚いた顔を見せた。

「失礼ですよ。俺だってこのくらいの格好はします」

だが、彼が驚くのは無理もないと思っていた。

今日の自分はの姿は、わざわざ前日からクローゼットを引っ繰り返し、どれにしようかと悩んだ成果なのだ。

黒い薄手のシャツにはスカルのポイント、細めのグレイのパンツに色を合わせたグレイのジャケット。

ちなみに、もともと服を買った時のチョイスはほぼ妹だ。でなければスカルポイントが俺のクローゼットに入っているわけがない。

いつも着の身着のままで絵を描いている俺ばかり見ている中野さんには当たり前の驚きだろう。

「まあ、でも似合うよ。石原くんは小柄で綺麗な顔をしてるんだから、ちょっと身なりを整えればアイドルみたいだ」

「俺は四捨五入したら三十ですよ？」

「四捨五入しなきゃ二十代だろ」

「まあそうですけど…」

「自分から年寄りになる必要はないよ。君はまだまだ若いんだから。まあ、いつまでもヒヨッ子扱いされるのが嫌っていうのはわかるがね」

画壇での二十代が子供扱いなのは、諦めていた。そんなものは時間が経てば関係なくなるものだ。

自分が年齢を気にするのは、自分が晶吾より六つも年上であることを忘れないようにしようとしてるだけだ。

「どら、持って来た絵を見せてくれるかい？」

「はい」

だがもちろん、そんなことは誰にも言わない。

俺は促されて、持って来たポートフォリオを開いた。

いつもは油彩を持ち込むのだが、今回は依頼があって水彩だった。だから、自分で持って来たのだ。

「これです」

と言って取り出したのは、馬の絵だった。

いつもは静物が多いのだが、今回は特別。

馬主でもある依頼者が馬を描いて欲しいと頼んで来たのだ。理由は言うまでもないことだろう。

商業的な絵というものには、幾つかの種類がある。

自分で好きなものを描いて売るもの、今の流行りを追ってモチーフを選ぶもの、依頼者があって描くもの等だ。

依頼者があって描いたものは、必ず代金が貰える。なので、絵を描くだけで食って行こうと思えば、それが一番生活に役立つ。

芸術を金に替えるなんて下賤な考えだという者もいるかもしれないが、現実は現実。生きてゆくためには大切なことだ。

　画廊の白い壁に立て掛けるように置かれた俺の絵は、水彩特有の淡い色を持った、たてがみを散らして疾走する黒い馬だった。

「ドラクロワだね」

「似てますか？」

「イヤ、筆は粗いが、それが躍動感を生んでる。いい絵だと思うよ」

「中野さんに『いい絵』と言われるとほっとします」

「もう少し馬を大きく描いた方がダイナミックで、飾った時の収まりがいいと思うが、まあ小品だからこれでよしとしようか」

「正直に言ってください。イマイチならやり直します」

「そこまで神経質にならなくていいよ。これはこれで小さく飾るものだから、勢いよりもこじんまりとしてる方がいいしね。ただ、馬を描く時はバーンと描いた方がいいかな、と思っただけさ」

「やっぱり不満なんじゃないですか」

「好みだよ」

　中野さんは気にするなというように笑った。

そこへ娘さんがコーヒーを持ってやってきた。

「いらっしゃい、石原さん。どうぞ」

モノトーンの小さな画廊は、壁の絵が見やすい位置にレザー張りの黒いベンチが置かれ、客はそこに座って購入すべき絵を吟味する。

フロア中央置かれているティーテーブルは、商談が決まった人間が接待される場所だが、彼女はそこに父親と俺の分のコーヒーと菓子を置き、自分も座った。

「有美《ゆみ》、お前あの絵、どう思う?」

将来ここを継ぐために勉強している彼女は、言われて視線を俺の絵に向けた。

「あら、石原さんの新作ね。馬なんて珍しい」

「古川さんの依頼です」

「ああ、馬マニア。いいじゃないですか、素敵だわ」

「忌憚なく聞かせてくださいよ」

と俺が言うと、彼女は笑った。

「私は好きです。どうせ父が『迫力が足りない』とか言ったんでしょう。動物に関しては父の意見は聞かない方がいいですよ」

「どうしてです?」

「とにかく大きくて、派手で動きのあるのが好きなんです。私はこういう絵としての完成度が高い方が好き。石原さん、やっぱり雰囲気がいいわ」

あまり動物の絵を持ち込んだことがなかったから、中野さんにそんな趣味があったとは知らなかった。

父親に似てハキハキものを言う彼女に褒められると、少しほっとする。

「絵も素敵だけど、石原さんも素敵。今日はデートですか？」

その通りなのだが、言われるとドキッとする。

「そう見えますか？」

「前にお会いした時は、もっとルーズな格好だったから」

「これ、妹の見立てです。残念ながらデートでもありません」

「予定は？」

「男友達と買い物です」

「あら、残念。何の予定もなかったら、デートに誘おうかと思ったのに」

「有美さん、日本画の大場《おおば》さんと婚約したんでしょう？」

彼女はこの中野画廊のマドンナ的存在だったので、婚約が発表された時は、相手が五十近いおじさんだということも含めて大ニュースだった。

いくら日本画の大家とはいえ、彼女はまだ二十代だったので。

「そう、まだ婚約。だから結婚するまで色々つまみ食いしてみたくて」

「大場さんに怒られますよ」

「いいの、いいの。結婚するまでに遊んでおけって言われてるから。結婚したらやることいっぱいあるし」

「やっぱり日本画の先生の奥さんって大変ですか？」

「ううん。結婚記念で個展やることになってるから」

「ああ、なるほど」

「石原さんもやりません？　私、引き受けますよ？」

「いや、作品数が足りないですよ」

「そんなの、決まってから描けばいいじゃないですか」

そこまで話すと、中野さんが割って入った。

「こら、石原くんは私の担当だぞ。個展がやりたければ自分で画家を探してきなさい」

「そんなこと言うなら、早く石原さんの個展やってあげればいいのに」

「何でもかんでも開けばいいってもんじゃないだろう。石原くんにはもっと顧客を付けてから華々しくやるからいいんだ」

そんなこと考えてくれてたのか。

ありがたいことだ。

「でもまあ、そろそろ考えてもいいかもしれないな。石原くん、今度真展に出してみないか？　それで賞を取ったらやってみようか？」

「それ、ハードル高すぎますよ。真展って言ったらけっこう大きいじゃないですか」

「だからだよ。大体君は籠もりがちなんだよ。もっと色々仕事してみた方がいいんじゃないのか？　イラストみたいなものでも引き受けて名前を売るのも一つの手だよ」

話が長くなりそうな予感がしたので、俺は自分の腕時計に目をやった。

「お話はありがたいんですが今日はそろそろこれで。人と約束がありますので」

嘘ではない。

そろそろ戻らないと晶吾との待ち合わせに遅れてしまう。

先に『男友達と買い物』と有美さんに答えておいてよかった。

「そうか。待ち合わせがあるんじゃしょうがないな。それじゃ、また今度。例の睡蓮が出来た時にでも伺うよ」

「はい」

せっかく入れてくれたコーヒーに口を付け、立ち上がる。

その時、丁度客が入って来てくれたので、父娘の意識はそちらに向いた。

「じゃ、また」

軽く会釈だけを送って、そそくさと店を後にする。

振り向くと、ガラス張りの店内では、入って来た中年の婦人と話をする娘さんの姿が見えた。

客の争奪戦は娘の勝ち、か。娘さんの方が弁が立つからな。

他に立ち寄る場所もないので、俺はそのまま近くの地下鉄の駅に向かった。

待ち合わせは家から画廊に向かう途中の乗り換え駅。そこも繁華街ではあるのだが、多分俺が行き易いと思って選んでくれた場所だろう。

彼を、その約束を盾に家から追い出してから数日、晶吾は言い付け通りアトリエにはやって来なかった。

お陰で仕事ははかどったが、来なければ来ないで不安は感じた。

今まで、彼が大学のレポートだ何だと姿を見せないこともあった。けれど、自分の前にいない彼の生活になど興味はなかった。

どこで何をしていたって、関係ないと思っていた。

だが今は違う。

今頃あいつはどうしているだろうと考えてばかり。

人付き合いが苦手と思う自分でさえ、寄って来る者はあった。飲み会や遊びの誘いも受けていた。

晶吾は俺なんかより人付き合いがいい。愛想を振り撒かなくても、あの外観で寄って来る者も多いだろう。

彼の回りには人が溢れている。その全員が、自分にとってのライバルになり得るのだ。

もしも、自分と晶吾の齢がもう少し近かったら、同じ学校で先輩後輩として過ごす一時期もあったかもしれない。

そうしたら、彼の生活の片鱗でも覗けて、安心を得たかもしれない。

だが、六年では小学校ですらギリギリアウトだ。中、高、大と重なる部分なんてこれっぽっちもない。

もし彼の友人が俺の齢を聞いたら、そんな年上の人と親しくできるものか、と首を捻るだろう。

六歳の差とはそういうものだ。

そんな年上の人間に付き合ってないで、自分達と遊ぼうと誘うのは当然のこと。

デートの日を木曜にしたのも、そんな連中と会わないためにだった。

日曜では人が多くて、彼と同じ年頃の人間が彼に目を留めるかもしれない。でも、平日ならば、まだ休日よりそういう連中は少ないだろう。

姑息な自分。

今まで散々纏わり付く彼を面倒だと思っていたのに、身勝手な自分。

己を省みれば省みるだけ、晶吾がいつまでも自分だけを好きでいてくれるかどうかが不安になってしまう。

「梓ちゃん」

そんなことで頭をいっぱいにしている間に、電車は約束の駅に着き、待ち合わせの改札の前で彼が俺を見つけて手を振った。

「この齢で『ちゃん』は恥ずかしいからやめろ」

外へ出て、一番先に文句。

だがこの性格は直らないから仕方ない。

「でも、他に呼びようがないし」

「石原さんでも何でもいいだろ」

「他人みたいじゃん」

「じゃ、『梓さん』とか」

「梓、って呼び捨てにしてもいい？」

「それはダメ！」

俺は即座に言った。

「お前、年下だろ」

だってお前が初めて俺を呼び捨てにしたのは、行為の最中だった。そのことを思い出してしまうからダメだ。

今だって、たった一言で胸がドキドキしている。

「『ちゃん』付けが外せないなら、せめて大声で呼ぶな」

「…はい」

しゅんとするから、ついまた甘やかしてこちらから声をかける。

「それで？　どこに行く？」

それだけで彼は復活して、笑顔を浮かべる。

「食事まででしょう？　いいとこ見つけたんだ」

「どこ？」

「行ってからのお楽しみ」

改札の周囲には、同じような待ち合わせらしい女性が何人か立っていた。

その女性達の目が、みんなこっちに注がれてるような気がする。

「なら、すぐ行くぞ。腹減った」

まださほど空腹ではないけれど、その視線から彼を遠ざけたくてそう言う。

だって、長身の身体に似合うライダースっぽいジャケットにストレートデニムの晶吾は、俺から見てもカッコイイと思ってしまったのだ。女の子達が目を付けるのは当然だろう。

ましてや今どきの女の子は行動力があるから、向こうからナンパして来るってこともある。

「うん、じゃあすぐに」

と言って彼が歩き出してくれた時にはほっとした。

自分を卑下したりはしない。

けれど芸術家として、自分の審美眼にかけて、晶吾を過小評価もしない。

街中を歩いている有象無象の男共の中では、彼は目立つほどにカッコイイ。

肩を並べて歩いても、背の高い彼は周囲より抜きん出ているのがわかる。

「パスタの店なんだけど、凄く美味しいんだ」

「…誰かに教えてもらったのか？」

「うん。同じゼミのヤツに」

それは男か？　女か？　そいつに一緒に行こうって言われてたんじゃないのか？　という女々しい質問はぐっと呑み込む。

「カルボナーラ、好きでしょう？」

「ああ」

「で、食事したら、買い物に回ろう。何買いたい？」

「俺は…」

出掛ける理由なんかなかった。

お前と外を歩きたいだけだった。

「友人の誕生日のプレゼントだ」

でも正直には言えないから適当なことを言う。

「友人って誰？」

「お前の知らないヤツだよ。同じ画家の仲間」

「俺、大概は知ってるよ？」

それが本当だから始末に負えない。

「…野々宮《ののみや》」

「…ふうん。あの派手好きな人か」

「別に派手好きじゃないだろ。普通だ」

目的の店にはすぐに到着した。

ビルの半地下にある、入口に小さなイタリアの国旗が飾ってある、それっぽい店だ。

昼の時間を過ぎていたので、店内に人影は少なかった。

入口近くの席に座ると、彼はメニューを広げて悩み始めた。晶吾はいつもそうだ。自分のことになるとどこか優柔不断で、食事一つ決めるのも時間がかかるのだ。

「明太スパじゃありきたりだよね。タコのガーリックも美味しそうだけど、ニンニクはまずいし…」

と一人でぶつぶつ言い出す。

「梓ちゃん何にする？」

「俺はカルボナーラ。オススメなんだろ？」

「うん。…俺、同じじゃない方がいいよね？　他に食べたいものある？　そしたら俺、それにするからつついてみなよ。あ、アラビアータは？」

「一緒にすればいいだろ。外で他人の皿なんかつつかないよ」

「そっか…。じゃ、俺も同じのにする」

オーダーを済ますと、彼は俺をじっと見て笑顔を浮かべた。

「今日の梓ちゃん、カッコイイね。ひょっとして俺と会うから？」

「そんなわけないだろ。画廊行くからに決まってる」

「中野さんのとこ、可愛い娘さんがいるんだっけ？」

「有美さんのことか。今日もいたよ」

彼の顔から本当の笑みが消えて見せかけだけの笑顔になる。その違いぐらいはもうわかるのだ。

妬いてるんだな、と思うと少し気分がよかった。

「あーあ、心配だな。さっきも駅んとこでみんな梓ちゃんのこと見てたし」

あの視線に気づいてたのか。だが対象はお前だろう。

「気のせいだろ。別に誰も何にも見てないよ」

でもその違いは教えてやらない。

「梓ちゃんは昔っからそういうのに無頓着なんだから」

「自分が顔のいいのはわかってる。でも…」

お前に比べれば、という言葉は呑み込む。

「わかってるんなら、もうちょっと注意してくれればいいのに。その画廊のお嬢さんとかが梓ちゃんに惚れちゃったらどうするの？」

「…晶吾」

「何？」

「お前、ウザい。俺と一緒の時にグダグダ言うなら帰るぞ」

妬いてくれて嬉しいとは言えない。

彼女はとっくに婚約してるとも言わない。

「お前、もうちょっと建設的なこと言えよ。プレゼントを探すならこの店がいいとか、そういう知識ないのか？　大学で友達いるんだろ？」

「…そりゃいるけど。買い物とかしないし」

俺のところに来てるから、他に友達を作らなくてもいいのか？　でもやっぱり遊ぶ相手はいるんだろう？　とも訊けない。

「使えねぇな」

「梓ちゃん」

「シッ、店員が来たから『ちゃん』って呼ぶな」

「…はい」

言えないことと言わないこと。訊けないことや知りたくないこと。

最近の俺はとても不自由だ。

「そうしょげるな。いいこにしてたら、お前にも後で何か買ってやるから」

「ホント？」

「ほら、来たぞ」

俺と晶吾は違う。

人間なんてみんな違う生き物だってわかってるけど、俺はそれが怖い。

俺は自分が好きな人と同じものを食べられるのが幸せだと思うけれど、彼は違うものを食べて二人で楽しもうと言う。

それは俺は二人だけでいいじゃないかと思ってるのに、彼はお互いもっといろんな人と付き合ってみようよと言われてるみたいな気になる。

俺にはそんなことできないって、いい加減わかってくれてもいいのに。

「…面倒臭いな」

恋愛は面倒臭い。

いいこともあるけれど、考えることが増えて、不安が増える。

「え？　何か言った？」

「何でもない。結構美味いじゃん」

「でしょ？」

得意げな顔をするバカ犬を、あのアトリエで撫でてるだけで満足だったのに。もうあの頃には戻れない。

自分の引っ張ってる犬が、可愛いですねと頭を撫でられるだけでも嫉妬してる。

どこかへ連れ出して、その犬が欲しいと言われるのが嫌だと思ってる。

面倒臭いのは自分だな。

「で？　お前どっかいい店知らないの？」

「うーん…。ここだと『フェンネル』かな」

それでも、俺はこいつのリードが離せなかった。

どこにも行かせたくなかった。

野々宮へのプレゼントなんてどうでもよかったんだけど、お前にも何か買ってやると言ってしまったために買い物の時間は長くなってしまった。

身につけてもらえて、特別に意味を勘ぐられないで、晶吾の友人に趣味悪いと言われないで、あまり高くないものがいいと思ったら、悩み過ぎてしまったのだ。

「野々宮さんなら、派手なもんなら何でも喜ぶと思うよ」

とふて腐れて言ってたから、この悩みが誰のものだかは気づかれなかっただろう。

結局、野々宮にはマグカップを買って、晶吾にはストラップを買った。

マグカップも、一応俺の趣味を疑われない程度に悪くないものを選んだのだが、晶吾のために選んだ銀色の小さなカギが二つ付いたストラップは、もっと厳選したものだった。

「俺も梓ちゃんに何か買いたい」

と言われた時は嬉しかったが、素直じゃない俺は断ってしまった。

貰ういわれのないものは貰わない主義だ、とか何とか言って。

でも買って貰えばよかった。

そうしたら、晶吾がいない時にはそれを見て彼を思い出すことができたのに。

帰りには、酒に誘われたがそれも断った。

「騒がしいところは苦手なんだ」

と言うのは本当。

人がゴチャゴチャいるのも、酒やタバコの匂いも嫌いなのだ。

「じゃあ、買って帰って家で飲もうよ。俺、オツマミ作るし、ちゃんと片付けもして帰るから」

そこまで言われては断ることができない。

仕方なく駅前のコンビニでビールを買って、離れで酒盛りということになった。

小さい頃から両親が働いていたため、家事全般ができるようになっていた晶吾は、当然料理も上手い。

俺が楽な服に着替えてる間に、座敷には簡単なツマミと飲む支度が出来ていた。

「俺のこと、お嫁さんにしたいと思わない？」

「思わない」

どや顔で言うから、一蹴する。

そんなこと考えるわけないだろう。

俺もお前も男で、俺はついこの間お前のことが好きだって気づいたばかりなのだから。

第一、嫁になるならお前じゃないだろう。

…でも俺に家事を求められても困るか。

「そういえば、お前もう四年だろ？　卒業したらどうするんだ？」

「え？　もう決まってるよ」

ビールを飲み始めてもこれといった話題が浮かばなくて、杯ばかりが進んでしまうからと。軽い話題のつもりで口にした質問が、地雷だった。

「今時だもん、夏休みの前に決めちゃったよ」

聞いてない。

何でも報告してくれてると思っていたのに。

「どこに？」

と訊くと、彼は嬉しそうな顔をした。

「興味ある？」

「…ない。言いたくないならそれでいい」

「あー、待って、待って。言うよ。コガワって言う化粧品の会社」

「化粧品？」

「そう。先輩の紹介があってさ。年越したらバイトにも行こうかと思って」

化粧品って言ったら、女ばっかりじゃないか。

そんな狼の群れに羊を投げ込むようなこと…。

「お前に女性の接客なんかできるのかよ」

「お店に出るわけじゃないもん。化粧品会社って言っても、中は普通の会社と一緒だよ」

でも営業とかになったら、女性のいっぱいいる店に頭を下げに行くんだろう？　買ってやるから付き合えとか言われたらどうするんだよ。

第一、テレビなんかでみると、やっぱり社内で働いてるのは女性が多いじゃないか。

「でも嬉しいな」

「そんなに女に囲まれるのが嬉しいのか」

「違うよ。梓ちゃんが俺のことに興味持ってくれたこと。俺、夏にここに来た時も、ちゃんと化粧品会社受けるって言ったんだよ？」

「…そうだっけ」

「うん。そしたら、化粧品の匂いさせて来たら叩き出すって言われた」

そんなこと、言った覚えはない。

でも言いそうなことだ。

「会社に勤めると、今みたいに毎日は来られなくなるかもしれないから、その前にちゃんと告白しなきゃなって思ってたんだ」

…そうか。

考えたこともなかったが、その通りだ。

今こいつが毎日のように自分のところに通って来てくれるのは、学生という身分だからこそだ。

会社に入ってしまったら、定時に帰って来られるかどうかもわからない。

それどころか、また新しい付き合いが始まって、俺の影は薄れてしまうのかも。

「俺が会社員になったら、ちゃんと大人扱いしてくれる？」

「俺は立場で人を判断しない。中身がガキならガキ扱いだ」

「じゃ、今は？」

「何が？」

「俺、まだ子供？」

「…お前は犬だ」

「何それ」

「俺が飼ってる犬だ。だから、子供でも大人でもない」

恋人って言えばいいのに、言えない。

もうとっくに大人の男だって思ってるけど言えない。

「酷いな。でも俺のこと飼ってくれるんだ」

「飼ってるだろ。今日はちゃんと散歩にも連れてってたし」

「また連れてってくれる？」

「そのうちな」

「俺、散歩以外でもいいんだけど」

「何だよ？」

晶吾はテーブルを回ってまた俺の隣に来た。

甘えて擦り寄って来たのかと思ったが、そうではなかった。

「今日、楽しかった？」

グラスを持っていない方の俺の手に彼の手が重なる。

「まあまあ」

「俺は凄く楽しかった。だから…」

握られた手に力が籠もる。

「キスしてもいい？」

「何でそこに繋がるんだよ」

身体が近づいて、肩が触れる。

逃げられないのは、手にビールが入ったグラスを持っているからだと自分に言い訳しながら身体を堅くする。

「楽しませたから、御褒美」

顔が近づいて、頬に唇が触れた。

「ビールが零れる」

「じゃ、置こうよ」

言い訳のグラスを、彼はあっさり俺から取り上げてテーブルの上に置いた。

「これで零れないよ」

晶吾の意図はわかっていた。

求められてるのもわかってる。

でも突き放せないのは、自分にも彼が欲しいという気持ちがあるからだ。

「梓ちゃん…」

近づいた唇は、今度はちゃんと唇に重なった。

「ん…」

別に恋人になったんだし、自分だってこいつが好きなんだから『そういうこと』になっても構わない。そう思っていなければ、一度だって許したりはしなかった。

ただ、少しだけあの時の痛みと、彼の男の顔が怖いと思ってしまったので、二の足を踏んでいたのだ。

簡単にさせたら飽きられるかもしれないという不安が、許可を与えてやれなかった。

でも今日は、彼が言ったように買い物に付き合ってくれたり、美味い店に連れてってくれたりと、俺のための努力と誠意を見せてくれたのだから、いいかな。

晶吾のキスはビールなんかよりずっと俺を酔わせてしまう。俺のことが好きなんだと、だから求めてくれるんだと、体感させる。

「好き」

と言われると、身体の芯が震えた。

今日ならば、応えてもいいかも。

そう覚悟しかけた時、晶吾がポツリと呟いた。

「恋人になれてよかった。もうこれでいつでも触れられるね」

その一言が、また俺にブレーキを踏ませた。

「バカじゃないのか」

慌てて彼を突き放す。

「お前、何考えてんの?」

いつでもできる、そう言ったな?

「梓ちゃん?」

もう俺のこと手に入れたつもりになってるのか? 何でもしていいのだと、簡単にできると思ってるのか?

「キスまでは許してやってもいいけど、そっから先はしない」

だってさせたら飽きるだろう？

手に入らない高嶺の花だから手を伸ばすのであって、いつ来ても受け入れる簡単な相手になってしまったら、お前はまた別の相手を求めるようになるんじゃないのか？

「だって、俺達恋人だよね？」

「恋人だからって最後までやらなきゃならないってことはないだろ。第一、お前自分のガタイを考えろ。あ…、あんな痛いのもうしない」

「ええ…っ！」

「だいたいからして、座敷で押し倒せば何とかなるって単純に考えてるところが最低だ」

「でも…」

「とにかく、そういうつもりなら帰れ。俺のことをもう一度手に入れたいなら、俺をその気にさせるように頑張るんだな」

「そんな…」

危ないところだった。

キス一つで簡単に応えてしまうところだった。

「ほら、さっさと帰れよ」

「梓ちゃん！」

「お前が帰らないなら、俺は母屋に行くからな」

「…そんな…」

追いかけて来い。

俺はまだお前のものじゃない。

だからずっと好きでいろ。

俺しか目に入らないままでいろ。

キスされた身体は火照って彼を求めていたけれど、年上としての立場と、お前を失いたくないという恐怖が、俺を動かした。

「待って、梓ちゃん」

玄関先、靴を履こうと前かがみになった身体を背後から抱き締められる。

「ごめん。俺、身体のこととか全然考えてなかった…。今日はしないから戻ってきて」

こいつが力ずくでしようと思ったら、きっと自分では逃げられない。

「キスだけでいいから…」

いいや、いっそ力ずくでされてしまったら、『お前が悪い。一生掛けて償え』と言えるのに。

望まれるまま、軽いキスをしてやり、その胸に顔を埋める。

晶吾の胸は居心地がよくて、やっぱり手放したくない場所だった。

「…あの時恋人になんて言わなければよかった」

そうすれば、力ずく計画もできただろうが、今からじゃダメだ。こいつは俺の気持ちをもう知っている。何をしようと『恋人だからいいじゃないか』『俺のこと好きでしょう』で終わりだ。

「ほら離せ。おとなしくするなら、飲み直すから」

俺にとって恋愛は、怖くて面倒臭いものだった。

「はい、これ」

俺が差し出した紙袋を見て、野々宮はキョトンとした顔をした。

「何これ？」

「誕生日プレゼント」

「俺の？　先月だぞ？」

「そうだっけ？」

「…まあ、お前がくれるって言うんなら貰っとくけど。どういう風の吹き回しだ？」

「ついでだよ、ついで」

野々宮は、近所に住む画家仲間で、人付き合いの苦手な俺が都合が合えば時々こうして飲みに行く付き合いがあった。

と言うか、野々宮という男は一人で喋っててくれるので、相手をする必要がないからなんだけど。

それでもこの男と飲む気になるのは、彼の絵が好きだというのと、彼の美術論が面白いからだった。

「中野さんから聞いたけど、例の睡蓮の展示会、出すんだって？」

いつもは彼の方から誘われるのだが、今回は珍しく誘ったのはこっち。

行きがかり上買ってしまった誕生日プレゼントをいつまでも家の中で転がしておくわけには行かなかったので。

電話を掛けると、彼はすぐに出て来た。

毎度お馴染みの駅前の小さなバー。

店員がマスター一人なので、テーブル席に座ってしまうとほったらかしになるのが好きで選んだ場所。

「うん。野々宮は？　出さないのか？」

「俺が睡蓮だって言っても誰もそう思ってくれないだろう」

「大丈夫じゃないのか？　板金みたいなのもあるって言ってたぞ。それにお前だったらどう描くか知りたかったな」

「円だ」

野々宮はハイボールのグラスを片手に、もう一方の手を前に差し出した。

「同心円を幾つも描く。水面、水滴、花弁のカーブ。円は素晴らしい」

そう。

この男の絵は突飛なほどの抽象画だった。

でも使う色は好きなのだ。

「白から淡いピンク、翡翠の色にブルーから濃紺。そして散る朝露」

面白いとは思う。

だがそれ絵を見た人間は、色の違う円を重ねただけとしか言わないだろう。

「この間柳の絵を描いたんだ。そしたら気持ち悪いって言われた」

「なんで？」

「柳の下と言えば幽霊だろう？　だから画面一杯の葉の中に目を一つだけ描いた。そしたら有美さんに呪われそうって言われたよ」

「幽霊のつもりで描いたんなら本望じゃん」

「なるほど、そうか」

「幽霊と言えば、谷中の幽霊の絵を見たか？　日本人の描く幽霊というのは美人が多いが、幽霊と化け物を一緒に考えるものもいる。だが、元来は別のものなんだ。そもそも化け物というのは…」

自分の知らない知識をくれるという点では、晶吾も野々宮も同じだ。

けれど晶吾が『俺』に語りかけるのに対して、野々宮は独り言を聞かせてるようなものだから、やっぱり別物だ。

俺は、自分に語りかけてくる人間が苦手だった。

それは多分、絵を描いてることに起因しているのだと思う。

絵を描くのは子供の頃から好きだったので、暇さえあれば何かを描いていた。そうすると、必ずと言っていいほど大人が近づいて来て覗き込むのだ。

『何を描いてるの？』『上手いね？』『一人で遊んでないで外へ行ったら？』と、俺にとっての至福の時間の邪魔をする。

果ては、『これは犬か、熊かと思った』というトンチンカンな感想だ。

今でこそ、画力に自信はあるが、小さな子供の描く絵が、大人にストレートに伝わるわけがない。

しかも、自分の描いたものが否定されるのを受け入れられるわけがない。

なので、絵を描いてるところに他人が来るのも、話しかけられるのも、いつしか嫌うようになっていた。

「…つまりだな、化け物というのは対象を怖がらせるだけで満足するもので、祟るものじゃない。一方幽霊というのは恨みが残ってるから、呪いも祟りもする。そこに線引きがあるわけだ。俺が化け物を描くなら、見た人間が『ああ驚いた』と言ったあとに胸を撫で下ろすようなものが描きたい。気味の悪いもの、呪われそうなものじゃなく」

野々宮はつけっ放しのラジオのように喋り続けた。

まあちょっと面白い話だからいいけど。

「井上円了とか柳田国男とかを読破して、化け物の名所に行って、それから描く」

「今描くとしたらどんなふうに描く？」

「今か？　うーん…、自画像かな。突然自分が現れたらビックリするから」

だがその絵が自画像とはきっと誰にもわかるまい。

「なあ、野々宮って彼女いる？」

「いるよ」

何げなく訊くと、彼は夢見るように語っていた顔を素に戻した。

「え？　嘘」

「フられそうだけどな」

「そうなのか？」

「絵に入ると相手もしてやれないからな。毎回絵を描いてる最中は恋愛の危機だよ」

俺のところは…。晶吾なら入って来てもあまり気にならないし、どうしてもって時には来るなって言えば我慢してくれるか。

「付き合い始めの頃は、絵に打ち込んでる姿は素敵って言ってくれたんだけど、付き合いが長くなると、『どうして私を優先してくれないの』って言わちゃってなぁ」

…晶吾も、そういうことを言い出すのだろうか？　何よりも俺を優先してって。

「でもそれって嬉しくないか？」

俺ならちょっと嬉しい。

「最初はね。でもお前ならわかるだろ？　誕生日だ、バレンタインだ、クリスマスだって言われても、絵の納期だったら関係ないって。明日展覧会に絵を納入するって時にクリスマスだから食事に連れてって言われてもなぁ」

「別の日に振り替えてくれって言えばいいじゃないか」

「ダメダメ。イベントの時、ってのがポイントなんだから。最初はワガママも可愛いって思ったけど、そのうちに面倒になって、この間『ワガママ言うな』って言ったら大ゲンカだよ。言うこときいてくれないなら別れるだってさ」

「そうか…。大変だな」

自分は元々ワガママばかりだから気にしないだろうが、晶吾がワガママを言い始めたら、俺はどうするだろう？

あいつはいつだって、我慢のきく男だった。

黙れと言えば黙るし、帰れと言えば帰る。でも恋人になったら、変わってしまうだろうか？

そしてその時、俺はどう思うんだろう。

「そんなこと訊くなんて、石原、恋人でもできたのか？」

「…まさか。俺は一人の方が気が楽だよ」

「だよなあ。学生時代からモテてたのに決まった相手はいなかったっていうもんな」

「別にモテてないよ」

「美芸出版の寒田ってお前と同期だろう？　あいつが言ってたぞ」

「寒田となんて親しくなかったぞ。いい加減なことばっかり」

「お前、そういうとこ気が付かないで終わってそうだよな」

「失礼だな」

「本当のことじゃないか」

そうかもしれないけど、他人に言われると腹が立つ。

「それより、今度エストナー社から新色の絵の具出る話、聞いたか？」

「あ、聞いた、聞いた。サンプル神津さんが欲しいならやるって言ってたぞ」

「ホントに？　俺も欲しい」

恋愛が千差万別だってことはわかっている。

でも野々宮のセリフはまた少し俺を臆病にさせた。

人は変わってしまう。どんなに恋しいと思った相手でも。

野々宮はあっけらかんとした男だった。よくも悪くも細かいことは気にしないタイプだ。

その野々宮でさえ、恋人が煩わしいと思うのだ。

自分は、晶吾は、変わらないままでいられるのだろうか？　そして変わってしまったら、どうなるのだろうか？

大切なものを手に入れるのは難しい。

でも、手に入れたものを手放さずにいることはもっと難しいような気がした。特に自分は手に入れることが簡単だったから、これから大変なことが待ってるような気がした。

ほろ酔い程度に酒が入った頃、モジリアーニの女は怖いという話を切々と語っていた野々宮がふっと顔を上げた。

「あれ？」

「どうした？」

「お前この後予定あったのか？」

「別に、予定なんて…」

指さされた方を見ると、そこには晶吾が立っていた。

「弟くんだろ」

「…近所の子だよ」

晶吾は俺達を見つけると、すぐに近づいてきた。

「彼、カッコイイよな。モデルっぽくって」

「…そうでもないさ」

俺が否定した時、晶吾がテーブルにたどり着いた。

「今晩は、野々宮さん」

挨拶する顔に笑みはない。

これは俺の知らない方の晶吾だ。

「よう、弟くん」

「弟じゃありません」

「今日は一人？　それともこいつ迎えに来たの？」

「迎えに来たわけじゃないです。偶然です」

嘘つきめ。

俺が留守だったから、探しに来たんだろう。俺がこの時間に出掛けて行く先なんて決まってるから。

「そう？　じゃ、一緒に飲む？」

「やめとくよ。もう帰ろうと思ってたところだから、今日はお開きにしよう」

「だって、彼は来たばっかりじゃないか」

「飲むなら二人で飲んでればいいじゃないか。俺は帰るよ」

「おい、石原。ごめんな、こいつワガママで」

「別に、梓さんはワガママじゃないですよ」

「やっぱり迎えに来たんだろう？　こいつ、酒に弱いから」

「こいつって言わないでもらえ…ッ！」

俺はテーブルの下で思いっきり晶吾の足を蹴った。

「ああ、思い出した。今日は彩香に用事があるって言われてたっけ。お前、あいつに言われて来たんだろ？」

「…そう。彩香ちゃんが連れて帰れって」

変なことを言うな、という目で睨むと、彼は渋々うなずいた。

「彩香ちゃんかぁ。可愛いよな。お前も顔はいいけど所詮男だし。今度彩香ちゃん紹介してくれよ」

「わざわざ紹介なんかしなくたってもう知ってるだろ。第一、彼女がいるクセに人の妹にちょっかい出すな」

「じゃ、別れたらいいか？」

「お前みたいに軽いヤツに妹が任せられるか。帰るぞ、晶吾」

晶吾は立ったまま、ちらっと目を動かした。何を見たのかと思ってそっちを見ると、椅子の上に置かれたあの紙袋だった。

よかった。これで嘘じゃないとわかっただろう。

だが野々宮が誕生日が先月だったと言い出す前に帰らないと。

「じゃあな、野々宮。柳の目は消した方がいいと思うぞ」

「俺は出来上がった絵に手は加えないぞ」

野々宮も立ち上がり、一緒にレジへ行く。

割り勘をしている間に、晶吾は店を出て、外で待っていた。

「じゃあな、石原。また飲もうな」

歩いて帰れる距離だから、彼が手を振って自宅に向かって歩きだす。

その後ろ姿が角を曲がるまで黙っていたが、もう声が届かないと思ったところで、俺は晶吾を振り向いた。

「何しに来たんだよ」

その顔はもう俺の晶吾の顔だ。

「…行ったら真っ暗だったから」

こっちの顔の方が好きだけれど、スイッチのオンオフみたいに表情を変えられるのは好きじゃない。

「俺には俺の付き合いがあるんだから、留守にすることぐらいある」

「でも…」

「でもじゃない。今までこんなことしなかっただろ？　なんで突然」

「心配だったから」

「心配？」

「野々宮さんと会ってるんじゃないかと思って」

「別に野々宮と会ったっていいだろう、友達なんだから」

「でも今まで友達にだって誕生日プレゼントなんて買わなかったじゃないか。なのにわざわざあいつにだけなんて」

「し…仕事の相談があったんだよ」

「あのカップ、やっぱりあげたんだね」

「誕生日プレゼントなんだから当然だろ」

晶吾は俺の肩を掴んだ。

振り解こうとする前に、ぎゅっと抱き締められる。

「他の人にプレゼントなんてやらないで」

強い力だった。今まで外でこんなこと、したことなかったのに。

「会うのは許すけど、他のヤツを特別に扱わないで」

抱き締められる心地よさより彼の変化が怖い。

お前も変わるのか？　俺を独占したいとか、言うこと聞いてくれないなら別れると言い出すのか？　俺はそんなワガママなんかきけない。きっときいてやれない。

だとしたら…。

「離せ！」

俺は晶吾の向こう脛を蹴り上げた。

「痛…っ！」

緩んだ手の隙から身体を揺するようにして逃れる。

「お前に許してもらわなきゃならないようなことはない。こんなとこで抱き着いて、人目に触れたらどうするんだ。そこまでバカとは思わなかった」

「梓ちゃん」

変わらないでくれ。

俺の好きな晶吾のままでいてくれ。俺も変わらないようにするから。今までと同じ関係を続けよう。

「しばらく恋人は禁止だ」

「梓ちゃん」

そうだ。それがいい。

恋人じゃなければ、こんなにお前を失うことを恐れなくていい。手に入っていないのだと思えば追いかけてきてくれるだろう？

だったらリセットした方がいい。

「来るなとは言わないが、もう恋人面するな」

暗い夜道。

俺は逃げた。

そこにいる晶吾からも、自分の恋愛からも。

所詮人付き合いの苦手な俺が恋愛するなんて無理だったのだ。全部白紙に戻して、せめてもっとちゃんと心構えをしてから恋に向かうべきだった。

「梓ちゃん」

俺はまだ恋には未熟だったのだと、ハッキリ自覚した…。


その晩から、しばらくの間晶吾は姿を見せなかった。

来なければ来ないで、もう捨てられたのかと不安になる。でも、ここで寂しさに負けて呼び出したりすれば、もう手に入ったと飽きられるかもしれない。

離れても不安、会っていても不安。

我ながら何という身勝手さ。

どうしたら、この不安を消せるのだろう。

何を手に入れれば安心できるんだろう。

他の恋人達は不安なんて感じないのだろうか？　それとも、不安だから、普通の男女は結婚して、男同士にはそのゴールがないから不安を消すことができないんだろうか。

特別な恋愛だからというだけでなく、俺にはこの悩みを相談する相手がいなかった。

けれど今まで本気の恋愛などしてきたことがないから、経験と照らし合わせることもできない。

過去に付き合った女の子達とは、疎遠になったらそれもそれだと終わらせていた。

でも晶吾とは終わりになんかできない。

彼とはずっと一緒にいたい。

もしもそれを口に出して言ったらどうだろう？　お前が好きだからずっとそばにいろ、と。でもそれは『好き』って宣言するわけだから、結局あいつにベタ惚れなのを白状するのと変わらない。

晶吾を、信じ切れなかった。あんなに自分の後を付いて来て、一度だって離れて行ったことがないというのに。

…違うな。

晶吾が信じ切れないいんじゃない。自分が信じられないいんだ。

あいつにずっと好きでいてもらえる自信がないいんだ。

ワガママだし、気分屋だし、引きこもりだし、六つも年上の男だから。カッコよくなってしまって、自分の知らない世界をどんどん広げてゆく彼に、愛され続ける自信がないのだ。

こうして好きだと自覚した以上、どんどんのめりこんでしまうだろうという予感があるのに、愛される自信がない。

だから怖いのだ。

もっと社交的になったらいいのか？　オシャレでもして、身綺麗になればいいのか？

俺にはできない。この齢までこのままで来てしまったのだ、今更変われるわけがない。

悶々と悩みながら描く絵は、満足のゆく出来ではなかった。

心の迷いが筆に出て、どうにも上手く行かなかった。

捨てては描き、描いては捨てる。

中野さんに言われていた睡蓮の花はいつまで経っても出来上がらず、そのことがまた俺をイライラさせた。

一度はあんなにビジョンが出来てたはずなのに…。

陽の当たるアトリエで、絵の具の匂いに包まれながら筆を握るのは、自分の一番の幸福だったはずなのに。

そうして数日が過ぎた頃、晶吾がやっと現れた。

「梓さん」

今まで呼んだことのない呼び方で俺の名前を呼んで。


黄色い絵の具でカンバスに下絵を取った時点で、この構図はダメだなと判断し、俺は溜め息をついた。

中野さんが馬の時に言った、ダイナミックさが足りないという言葉がちらりと頭を掠める。別に、俺の絵全体に言ったわけではないのだが、やはりマイナスの言葉は頭に残ってしまっていた。

睡蓮でダイナミックはないだろう。自分の画風は繊細さにあるのだから気にしなければいいと思いながらも、感覚が鈍る。

スランプだ。

今までもこういうことは何度かあった。でも大抵は気分転換に別の絵を描いていると晶吾がやってきて、ベタ褒めしてくれるから、気分が持ち直すのだ。

自分にはこんな絵は描けない、やっぱり梓ちゃんだ、俺はこの絵が好きだよ、と。

そうだよな、上手く描くんじゃなくて、好きな絵を描けばいいんだよ、と思わせてくれていた。

だが今は晶吾も来ないし、他人から与えられたテーマな上、納期もあるので、好きという気持ち一つでカンバスに向かうことができない。

そう思っていると、庭に人の気配を感じた。

「梓さん」

晶吾の声。

でも彼のではない呼び方。

俺はビクッとして振り向いた。

「絵、描いてる最中？」

顔はいつもの顔だ。

どこか一本ネジが抜けててへらへらしている。甘えた子供の顔だ。

「な…、何だよ、今の呼び方」

「だって、梓ちゃんって呼ぶなって言うから。練習してる」

なんだそうか。

俺の言い付けを聞いただけか。

「それは外でのことだろ。二人きりの時は別に『ちゃん』付けでもいいよ」

俺は手にしていた筆を筆洗の中に投げ込んで、彼に向き直った。

「うん、でも外だけって俺、できないから。今日は食事した？」

「いや、まだ」

「じゃ一緒に食べに行かない？」

「いいけど、遠出はしないぞ」

「うん。じゃ、ここで待ってるから、着替えてきなよ」

「…ああ」

何だろう。

何となくなんだけど、どこかに違和感が…。

浮かぶ表情も言葉遣いも、これと言って変わったところはないのに。『梓さん』って呼ばれたからかな。

俺は自室へ戻ると、絵を描く用の服を脱いで新しいものに着替えた。どうしても絵を描いてるとどこかに絵の具が付くから、汚れてもいい服を着ていたので。

そういえば、いつもは弁当を買ってきて、家で食べようとするのに、外に誘われるのは珍しいな。

近くの幹線道路沿いにファミレスが出来た時は、よく外で食べようと誘われたが、俺が出るのが億劫だと言ったら弁当に切り替えてきたのだ。

家の中で二人きりになるのはちょっと気まずかったので、外に連れ出されるのはありがたかった。

ひょっとして晶吾もそんな気持ちなのだろうか？

「待たせたな」

新しいシャツにジーンズ、適当なジャケットを羽織って出て来る。新しいと言っても、特に変わったことのないTシャツだったのに、彼はそれを見て言った。

「新しいシャツだね。似合うよ」

こういうのが好きなんだろうか？

「で、どこ行くんだ？」

「ファミレスでいい？　今、デザートが巨峰なんだって」

「へえ」

「ゼリーが美味いって評判だよ」

「誰から聞いた？」

「ネット。調べたんだ」

「ふうん」

ネットか。

それなら別にヤキモチ焼く必要もないな。…っていうか、恋は棚に上げておこうと思っていたのに、すぐそんなことを気にするなんて。ダメだな。

「ちょっと肌寒くなってきたけど、大丈夫？」

「上着着てきたし、まだ日も高いだろ」

「そうだね」

晶吾はいつものように並んで歩いたが、ほんの少しだけいつもより間を空けた。

「この間はごめん。俺、確かに気にしなさ過ぎだったね。梓さんが人目が気になるってわかってたのに。子供みたいにしてゴメン」

「…何だよ急に」

「反省したんだ。まるで自分のものみたいに扱って、野々宮さんは友達だって言われてるのにうるさく言ったって。許してくれる？」

「うんまあ…。反省したんなら…」

何だろう。

やっぱりどこか変な気がする。

元々素直だし、悪いと思ったことはちゃんと謝るヤツだけど、いつもならもっとこう…ぐずぐずした感じて、『許して』って言うのも甘えた感じだったのに。

「野々宮さんにも失礼なことしたかな？　今度謝った方がいい？」

「いいよ、別に。気にするようなヤツじゃないから」

違和感を感じながらポツポツと歩いて幹線道路に出る。

歩道の横を車が次々と走り抜けてゆくから会話が一旦途切れる。

だがすぐに店に到着すると、彼は小走りに俺の前に出てドアを開けた。

「どうぞ」

ドアマンみたいに扉を押さえて俺を通す。

「そんなことしなくていい」

「開けてあげたかったんだ、俺が」

…やっぱり変だ。

彼らしくない。

それは座席に座っても続いた。

いつもなら、メニューを見ながらあれこれ悩んで『どれがいいと思う？』って訊くのに、晶吾はメニューを開くとすぐにオーダーの品を決めた。

「俺は煮込みハンバーグにするけど、梓さんは？」

「鳥カラのみぞれ掛け御前…」

「鳥カラ、本当に好きだよね」

「悪いか？」

「ううん。でも野菜ももっと取った方がいいよ。健康のためにね」

「…はあ？」

「オーダーするけど、いい？　サイドメニュー頼む？」

「いや、頼まないから」

「そう」

ブザーを押して店員を呼び、テキパキと料理をオーダーする。

「俺、今度しばらくバイトしようかと思ってるんだ」

「バイト？」

「うん。だから毎日は顔出せなくなるかも。本当は毎日でも行きたいけど、仕事の邪魔しちゃ悪いと思って」

別にお前が来ることは仕事の邪魔になんかならないと言ってやりたかったが、少し距離を置くのはいいのかもしれない。

「それに、卒論もあるから。勉強ぐらいちゃんとやらないと」

「いいことじゃないか。少しは真面目にやれよ」

「酷いな、俺はちゃんと勉強してるのに」

「不真面目とは言わないけど、卒論は大切だろ」

「梓さんは仕事に熱中し過ぎるから、身体だけには気を付けてね」

「…ああ」

何だろう。この微妙な上から目線。

特に厭味っぽいことを言ってるわけじゃないんだけど、いつもがいつもなだけに、余所余所しく感じてしまう。

「俺もそろそろ将来のこと考えて、一人住まいしようかと思うんだけど、どう思う？」

「一人住まいって、家出るのか？」

「うん」

初耳だ。

そんなこと今まで一度も言い出したことなかったのに。

「どうして？」

「今も一人で住んでるみたいなもんだし」

「それなら残っても一緒じゃないか。ご両親、留守がちなんだし」

「本当に一人になりたい時、ってのもあるから」

それはもう心に決めたような言い方だった。こういう時の晶吾は結構頑固なのを知っていた。

「ご両親には言ったのか？」

「好きにしていいって。うちは放任主義だから。もし俺が一人で部屋借りたら、梓さん、遊びに来てくれる？」

「そりゃまあ…。遠くへ行くのか？」

不安に感じて訊くと、彼は首を横に振った。

「まさか。梓さんのところから遠くになんか行きたくないよ。でもいつまでも親元にいると自立してみたいだろ？」

「それは俺への当てつけか」

「梓さんは立派に仕事してるじゃない」

彼が俺のことを『梓さん』と呼ぶたびに、小さなトゲが胸に刺さる。外で『ちゃん』付けで呼ぶなと言ったのは自分だけれど、『さん』付けで呼ばれると彼との距離が開いた気がして嫌だった。

これも身勝手なことだ。

「やっぱりサラダ頼もうか。野菜足りないから」

「いいよ」

「そんなこと言わない。食べなきゃダメだよ」

ムズムズする。

居心地が悪い。

目の前にいるのは俺の知ってる晶吾のはずなのに、どこかが違う気がする。

強引というほどではないけれど、強気に出てくる態度が鼻につく。まるで俺を自分のもののように扱ってる気がする。

だが注意するほどのことではないし、彼にしっかりしろ、と言い続けた俺が、しっかりしたら文句を言うなんてできないので、注意もできない。

俺がしっかりしろって言い過ぎただろうか？

単に反省して大人ぶってるだけだろうか？

料理が運ばれ、食べ始めても、その態度は続いた。

「この間恋人面するなって言っただろう？　あれ、ちょっとショックだったな」

晶吾は全くショックを受けてない顔で言った。

「しつこくしないから、また恋人に立候補してもいい？」

「こういうとこでそういう話をするな」

いつもなら、そういう言葉に対する答えは『えー』とか『どうして』という不満の声だった。

けれど今日はそれも違う。

「ああ、ごめん。じゃ、また次の機会にしよう」

とあっさり引き下がってしまった。未練なんかこれっぽっちも見せず。

ここはこのままに流すべきだろうか、それとも何か言ってやるべきだろうか。

恋人に立候補したいってことは俺が嫌いになったってわけじゃないだろう。もしかして、俺が折れるように引いてるのか？　それとも本気で興味が薄れたのか？

料理の味なんて、全然わからなかった。

誘ってくれた理由のデザートも、彼が勝手にオススメだからと選んでくれた巨峰のジュレが綺麗な紫色だったけれど、味は覚えていられなかった。

「美味しい？」

「…ああ」

「今日はおごらせてよ」

「年下なんだから割り勘でいいよ」

「梓さん、俺のこと年下って言うのそろそろやめない？　社会に出たら年齢なんて大した意味はないよ。それにきっと俺と梓さんが並んでたらきっと梓さんの方が年下に見えると思うよ」

「俺が幼いって言うのか？」

「違うよ、可愛いって言いたいだけ」

「…何だよ、それ」

「だから齢の差は気にしないで」

「何言ってんだ。そんなの気にしたことない」

今もずっと気にしてるけど、相手に言われると素直になれなかった。

「そう。ならいいんだ。もし気にしてたら嫌だな、って思っただけだから。ま、今日は俺が誘ったんだから、たまにはおごらせて。男としていいとこ見せたいから」

終始そんな感じだった。

にこやかだった。態度も悪くなかった。でも晶吾らしくなかった。

いつもと違う。

…そう、一度も甘えたところを見せなかったのだ。そこが違っていた。

いつももっとかまって、俺を見てって空気を漂わせてたのに、今日はよそいきの顔だった。まるで近くにギャラリーがいるみたいに。俺と二人きりの時の態度ではなかった。

しかも帰る時も、食事だけで帰るなんてことなかったのに。

「仕事してるみたいだったから、今日はこれで帰るよ。またメールしていい？」

「一々訊くほどのことじゃないだろ」

「じゃ、メールするね」

だけで引き下がったのだ。

纏わり付くなって怒らなければ引くことなんてないヤツだったのに。まるで躾けの学校に預けられて戻って来た犬のようだ。わきまえがあって、お行儀よくして。

そういうのを求めていた部分もあった。彼がもう少し大人な態度を見せてくれてればと思わないこともなかった。けれど実際にそうされると、この距離感が怖い。

どうして突然そんな態度を取るようになったのかと、疑問が湧く。

俺が怒ったから？

俺に飽きてきたから？

家の外で彼と別れてからも、頭の中は晶吾のことでいっぱいだった。

今までと同じように、恋など意識せず甘えさせて、叱って、そばにいられればそれでいいと思ったのに、こんなふうに溝を作られるとさらにどうしていいかわからなくなる。

もう、昔のようには戻れないのか？　それが言いたいのか？

たった数日で人は変わってしまうものなのか？　だったらこの先も、ある日突然気持ちを変える日が来るのか？

仕事をしなきゃいけないのに、絵を描かなきゃいけないのに、とてもじゃないが、そんな気分にならなかった。

彼に甘えていたのは俺の方だろうか？　晶吾がいつまでも自分より下の位置にいると、だから自分は好きに振る舞っていいと思い込んでいたのか？

せっかく会えたのに、悩みと不安はまた広がった。

「バカ犬…」

振り回されて、泣きたい気分だった。

彼のことしか考えられなくて、苦しかった。恋など棚上げにしようと思っていたのに、恋をする気持ちは自分ではどうにもならなかった。

俺はリードを握り締めてるつもりだった。この先には必ず犬がいると信じて。けれどそれを手繰り寄せてみたら、もうその先は何にも繋がっていなかった。自分だけが、一人立っている。

そんな気分だった。


ケンカをしたつもりはない。叱ったけれどそれももう許してると、一緒に食事に行ったんだからわかっているだろう。

なのに、晶吾はうちから足を遠ざけた。

『行ってもいい時はメールください』

なんてメールを送って来て、本人が来なくなってしまった。

会いたい。お前がそばにいないと寂しい。でもその気持ちを素直に伝えられない。

どうして？

どうして？

あいつのことなら何でもわかってると思っていたのに、今は全然わからない。

こんなこと、初めてだった。

嫌だって言っても押しかけてきて、怒るとちょっと逃げ出すけれど、すぐにまた辛抱たまらなくなって近寄って来て、ごめんなさいと頭を下げるから、またつい許してやって。

そんなことをずっと繰り返してきた。これからもそうだろうと思っていた。

だから何でもできた。何でも言えた。変わるかもしれないという不安を抱いてはいても、お前は変わらないと信じていた。

でもこんなふうに簡単に変わってしまうのなら、全てが怖い。

友人も、恋人も、お前一人でいいと思った後だったから、お前がいなくなったらその全てを失ってしまうような気がした。

晶吾が自分のそばからいなくなったら…。

そんなこと、考えられなかった。

ついに溜まらなくなって、『弁当買って来てくれ』とメールを送ったが、それでも彼は変わったままだった。

「梓さん」

と『さん』付けで呼び、入れと迎えるまで家に上がろうとせず、最近はすぐに擦り寄って来ていたのに、弁当を食べ終わると、そのまま帰ってしまった。

「明日も弁当頼む」

と帰りがけの背中に言うと、嬉しそうに引き受けてくれるけれど、戻ってきて俺に触れようとはしなかった。

前に一度キスはしてもいいって言ってやったのに、いつもならダメと言っても人の言葉尻をとらえて押し切るのに、なんで今回ばかりは聞き分けがいいんだ。お前の手の大きさを、温かさを感じさせてもくれない。

どうしてなんだ？　その理由を俺に教えてくれ。

触れるなと言ったのは自分なのに、恋人面するなと言ったのは俺なのに、彼が離れることが恐い。

いっそ好きじゃなくなったのなら、そう言ってもらった方がいいとさえ思ってしまう。

それとも、俺のことを恋人だと思ってるから、素の自分を見せてるのか？　本当のお前はそんなに淡泊な男なのか？

それを考えた瞬間、ゾクッとした。

自分が今まで見ていた晶吾が、芝居だったらどうしよう。子供の頃から変わらないと思っていたけれど、本当は少しずつ変わっていて、俺が気づかないから変わらないフリをしていただけなのだとしたら。

彼のことなら何でもわかっているつもりでいたのに、何もかもがわからなくなってしまう。

あの日、大学の友人と出掛けた時の晶吾を見た時と同じように、自分達がそれぞれ違う世界に属していて、遠く離れてしまった気持ちになる。

俺のことが好きなら、俺がこんなに不安に思ってることに気づけよ。

俺を安心させに飛んで来いよ。

いつか、大学の女の子達を見てたように、『それが何?』って顔を俺にも見せるようになるのか?

そんなの…、耐えられない。

線が引けない。

形が作れない。

俺の心のカンバスは、メチャメチャな手で絵の具をなすり付けたように、様々な気持ちが入り乱れてる。

愛情　恐怖　プライド　欺瞞　期待　不安　憶測　信頼　絶望　希望

もっと、もっとだ。

正しい絵が描けない。ただ晶吾との恋という綺麗な絵を描きたいだけなのに、上手く行かない。

そんな時、俺はそのグチャグチャなカンバスを更に掻き混ぜられるような光景に出くわしてしまった。

それは、最悪の偶然だった。


「お兄ちゃん、悪いけど、駅前のグレースでケーキ買ってきてくれない？　今日お友達が来るんだけど、片付けで手が離せないの」

アトリエに近寄らない妹の彩香がわざわざこっちまで来てお願いするのは珍しいので、俺は腰を上げた。

「客って誰？」

「大学の友達。ゼミの研究のまとめやるんだけど、七人も来るの」

「何だ、友達か。俺はまた彼氏でも来るのかと思った」

「うるさいなあ、いいから行ってくれるの、くれないの？」

あ、その友達の中にお目当てがいるな。

「いいよ。丁度仕事が進まなくて気分転換しようと思ってたところだから、散歩ついでに買って来てやる」

「ケーキ八個ね。三時までには買って来てよ」

「ああ」

絵の具のついた服を着替えるのが面倒なので、ジャケットだけ引っかけて外へ出る。

かなり肌寒さを感じるようになった灰色の空の下、見慣れた景色の間をポツポツと歩きながら駅へ向かう。

昨日も、晶吾は来た。

でも一時間きっかりで『邪魔しちゃ悪いから』と帰ってしまった。

中野さんの睡蓮の仕事がまだ終わってないから、長居をされても困るのだけれど、去ってゆくその背中に自分から抱き着いて引き留めたくなるのを我慢するには、多少の努力が必要だった。

栄養失調、晶吾不足。

目が、耳が、手が、彼を見たい、彼の声を聞きたい、彼に触れたいと疼き始めてる。

でも俺にはそれをする方法がわからない。

ただ彼が『好き』というだけのことを。いらないプライドが邪魔して、大きくなった不安が引き留めてる。そんな感じだ。

空っぽの頭で駅前まで行き、まだ言われた時間まで間があるのを確認してから駅前の本屋に入って美術雑誌を立ち読みする。

他人の絵を見れば刺激になるかと思って。

でも開いたつややかなカラーページにある絵は、どれも好みではなかった。今月ははずれだなと思って園芸雑誌にも手を伸ばす。睡蓮の花が載ってないかと思ったのだが、そんなものは一枚も載ってなかった。

考えてみれば、家庭園芸で睡蓮を育てようって人はいないか。

仕方なく写真集のコーナーへ行くと、薄くて小さいポストカードブックに、何枚かの写真が載ってるのがあったので、それを買った。

自分の食事用にパンを買って、最後に彩香のケーキを買おうと思った時、人込みの中に一つ抜き出た晶吾の顔が見えた。

あいつ、デカイから目立つな。

声をかけて、一緒にお茶でもしようと誘ってみようか？

そう思って踏み出した一歩が止まる。

彼の視線が、誰かを見ている。

目の前を行き過ぎる人が立ち去ると、そこには小柄な女性が立っていた。

肩までの髪を軽く内側に巻いて、綺麗に化粧した顔。襟と袖にフェイクファーの飾りのついた短いジャケット、すらりと伸びた黒いレギンスの足にショートブーツ。

可愛いとは、ああいう女の子に向けて言うべき言葉だ。

「…晶吾」

俺は思わず物陰に隠れてしまった。

そんな必要なんてないはずなのに。偶然出会っただけなんだから、近所のお兄さんとして『よう』とか何とか声を掛けて通り過ぎればいいのに。そうでなければ無視してさっさとこの場を立ち去ればいいのに。

出来なかった。

大学の友人と一緒にいた彼を見たことがある。男友達とはフランクに話していたけれど、女の子は無視してた。

話しかけられても気のない返事しかしていなかった。表情も無表情で、愛想のない顔で応対していた。

知らない晶吾みたいで、それはそれで嫌だったけれど、今みたいな顔を見るよりマシだったのかも。

だって、今その彼女を見ている晶吾は笑っていたのだ。俺の知ってる晶吾の顔、どこか甘えてるように見える人懐こい笑顔で。

彼女の方も媚びを売る様子もなく、すごく自然に彼と話している。

晶吾は、彼女をテリトリーに入れてる。

瞬間的にそう察した。

大学の女の子達と、彼女は違う。女の子達は無理に彼のテリトリーに入ろうとしてたが、そこにいるレギンスの彼女は晶吾がそれを許したのだ。

胸が…。

キュウッと音を立てて締め付けられた。

何てことはない光景だ。

ただ立ち話をしているだけだ。

そう思おうとしても目が離せなくて、二人が歩き始めると、ついふらふらと後を追ってしまった。

背の高い晶吾の隣、肩ほどまでしかない彼女はちょっと離れて晶吾を見上げながら話をしていた。

晶吾はちゃんと彼女の方を向いて応えている。

声は、届かなかった。もっと近くに行けば少しは聞こえるのかもしれないけれど、近づけばきっとあいつに気づかれる。

今、あいつに見られてもいい表情ではないのがわかっているから、ここにいることを気づかれたくなかった。

二人は駅前のガラス張りのカフェに入り、二人でメニューを見上げていた。

彼女は先にテーブルに着き、晶吾が二人分のカップを持って席に着く。

彼女が微笑んで何かを話しかけると、彼もまた微笑んで答える。どこからどう見たってカップルにしか見えない。そして、とてもお似合いだった。

でも、大丈夫だ。俺はまだ捨てられてない。

晶吾は恋人に立候補していい、と言ってくれた。

だからどう見えようとこれはきっと誤解なのだ。彼が自分を捨てて彼女に乗り換えたなんてあり得ない。

そう思おうとしても、目に映る光景がそれを押し流す。

高い丸テーブルに肘を付いて、淡い色の落ちた爪先を組むように彼女が身体を前に傾けて何か言う。

晶吾は困った顔をして微笑み、頭を掻いた。

その髪に触れるように伸びる細い手。フェイクファーの袖口がひらめいて、手は彼の髪を撫でる。

嫌がりもせず撫でられた彼が照れたように笑う。

どうしてそんな顔をする？

何を話してる？

その女の子は誰だ？

立ち止まったままなのを怪しまれないよう、待ち合わせのフリをしながら何度も時計に目を落とし、更に見つめていると、晶吾は手に下げていた紙袋をテーブルの上に乗せた。

それは俺でも知ってるブランドの紙袋だった。ここいらの店のじゃない、わざわざ電車に乗って出掛けて行かなければならないところにある店のだ。

彼はそれを買うために出掛けたのだ。

そしてその紙袋を彼女の方に押して渡した。

彼女は驚いた顔をし、一旦はそれを押し返した。けれど晶吾がもう一度彼女の方へ押して戻すから、ちょっとだけ困った顔をしてから受け取った。

『こんな高価なもの貰えないわ』

『君にあげたくて買いに行ったんだ。君に貰って欲しい』

『そんなに言うなら、喜んで受け取るわ。ありがとう、嬉しい』

そんな会話が聞こえてきそうな光景だ。

きっと、彼女は俺なんかよりずっと素直に喜びと感謝を彼に伝えるだろう。どこにいても、人目なんか気にせず彼に触れられるのだ。

胸が苦しい。

息が苦しい。

これ以上見ていられなくて、俺はその場を離れた。

信じなくちゃダメだと思っても、今回ばかりは信じきれない。愛される資格などないかもと自分が引け目を感じるのではなく、彼の気持ちはあの可愛い娘に向いてしまったのではないかという疑惑だった。

高価なプレゼントに遠慮を見せるほどだもの、きっと性格のいい娘だろう。晶吾が微笑みかける相手だもの、きっと親しい相手なのだろう。

ああ、そうか。

俺は今更ながらに理解した。

俺が野々宮に意味のないプレゼントを贈った時、あいつはきっとこんな感じだったのだ。どうしてそんなヤツに贈り物をするの？　わざわざ買い求めた物を贈るほど、そいつに気持ちがあるの？　どういう関係なの？

でも俺は野々宮に紙袋をポイッと手渡しただけだし、相手もくれるなら貰っておくって感じだった。買った物だって、千円程度のマグカップだ。

高価なブランド物を、受け取ってください、そんなとんなでもない、でも嬉しいわってやりとりじゃない。

そこには俺と野々宮よりもっと親密な関係がある。

「友人、じゃないよな。あの顔だもん」

口にすると、余計胸が痛んだ。

…晶吾。

どうしよう。俺はもうこんなにもあいつに惚れている。あいつがいなくなることが考えられない。

なのにもうあいつの顔が見られない。向けられてるのは背中のような気がする。

頼まれたケーキを買って家に戻ると、家の中からは楽しげな声が聞こえていた。

「母さん、これ、彩香のケーキ」

キッチンで彼等のための夕食を作り始めている母親に声をかけ、テーブルの上にケーキの箱を置く。

「あら、ありがとう」

「母さんのも入ってるから」

「お前も食べて行く？」

「いや、俺のは買ってないからいい。まだ仕事中なんだ」

「そう。頑張ってね」

「ん」

離れへ戻ると、人の気配はここまで届いては来なかった。

ケーキのない自分。

一人の自分。

明るい声を上げる友人も、細い脚をした可愛い彼女も、甘えた目で見下ろしてくる晶吾もいない。

ジャケットを脱ぐと、シャツの裾に黄色い絵の具が付いてるのが目に入った。

それはまるで『こいつは独り』という印のように、鮮やかで、悲しい色だった。

画面一杯に幾重にも描かれた特徴的な葉。

透き間は全て濃いインディゴで塗りつぶされた深い水面。

暗い画面だった。

夜の闇がまだ世界を支配しているそんな空間だった。

その中から一本だけ細い茎を精一杯伸ばして花弁を開かせている一輪の睡蓮の花。

そこにだけは光があり、淡いピンクの花弁を浮き立たせている。涙のような朝露を一つ、二つ、乗せながら。

「寂しいけど、いい絵だわ」

有美さんは褒めてくれた。

「健気だけど、気高い感じがする。とくにこの花弁がすごく綺麗」

自分の描いた絵が褒められるのは、悪い気がしないけれど、今回ばかりは複雑だった。

だって、それは俺だから。

美しく艶やかな花を描きたかった。でも描けなくて、何度も、何度も、描き直して、結局それを諦めたのだ。

自分の心を映したい。そう思って筆を取り直したら、こんな絵になったのだ。

暗い。

どこから光が差し込んで来るのかわからないほど。

それでもそこに光があると信じて、頭上を覆い、全てを見えなくしている幾重もの葉の間から花を咲かせてみたら、そこには光も、同じ花も無かった。泣くほど辛いけれど、自分が望んで咲かせた花ならば、散るまでは美しくありたい。

そう。

俺の恋愛への気持ちだ。

男だとか、子供だとか、年上だとか、色んなもので隠されていた気持ちを突き抜けてようやく花を開かせる気になったのに、外へ出てみたら指針になるものなど一つもなかった。求めていた光すら、どこにもない。

それでも、一度咲かせてしまった恋心を消し去ることができず、ただ徒花になっても最後まで自分らしく咲き続けたい。たとえ泣くようなことになっても。

そんなこっ恥ずかしい自己投影だ。

「寂しそうに見えないか？　一輪だけなんて、惨めに見えないか？」

俺が問いかけても、彼女は絵から目を離さなかった。

「そんなことないわよ。凜として、強さを感じるわ。一輪ってところがまたいいのよ。幾つもあると視点がブレるわ」

「中野さんにはダイナミックじゃないって言われるかな」

「珍しく弱気ね。私はこれだってダイナミックだと思うわ。だってダイナミックって力強いっていう意味でしょう？　この花には力強さを感じるもの」

「そう言われると嬉しいよ」

「会合で留守にしてなければ自分が一番に見られたのにって悔しがるわよ、きっと。見せる前に一番に見たのは私だって胸張ってやるわ」

本当は、一番に見せたいのは晶吾だった。

彼がこの花を見てどう思うか、感想を聞いてみたかった。

でも臆病な俺はそれをせず、ここに持ち込んだのだ。

「じゃ、納品の手配とかお願いしますって言っておいて」

「はい、わかりました」

彼女はその場で受け取りの伝票を書いた。

ペンを持つ指先に綺麗な色。あの時の女のように。自分の爪には、取り損ねた絵の具が詰まってるだけだ。

視線はそのまま、紙を押さえてる方の手に向いた。

「それ、婚約指輪？」

キラキラと輝くダイヤモンドらしい指輪が、彼女の左手の薬指に輝いている。

「そう。いいでしょう？」

気づいてもらえて嬉しいというように、手の甲を見せてこちらに示す。

「うん、いいね。俺も女だったら貰えたのかな」

それは相手が自分のものであると、自分が相手のものであるという証しだった。

「何言ってるの、石原さんは買ってあげる方でしょう」

買ってやったら、晶吾は喜ぶだろうか？　それとも、こんなの学校にしていけないと言うだろうか。俺なら、…嬉しくても『嬉しい』と言えなくて怒らせそうだ。

「首輪なら」

「うわ、何それ。独占欲強すぎじゃない？」

「かも。でも、犬には首輪だろ？」

「何だ、飼い犬に夢中なの。ビックリした。女性も犬飼うと婚期が遅れるって言うから、石原さんも犬にかまけてると彼女作れないわよ」

「いらないからいいよ」

有美さんは、呆れたという顔で肩を竦めた。

俺が、本気で彼女の約束の印を羨ましがってることも知らずに。

「次回作はどうするの？」

「今のところ依頼はないから、自分の選んだモチーフで描くよ」

「何？」

「さあ、何にしよう」

今は何も考えつかないからな…。

「じゃ、お願いしていい？」

身を乗り出されてちょっと怯む。

「何？」

「結婚祝いに一枚描いて。式の日取り、決まったの」

ついに、か。それも羨ましい。それで彼女は大場先生が自分のものだと主張できるようになるのだ。

「それはおめでとう」

「近いうちに招待状が届くから、正装して参列してね」

「スーツをクリーニングに出しておくよ。それで、何描いて欲しいんだい？」

「愛のある絵がいいわ。新居に飾るから」

「先生のところに飾る気か？　おっかないな」

「私の新居よ、よろしく。あ、御祝儀は別で」

「はい、はい。それじゃ、また」

そのまま画廊を出ようとした時、何となく振り向いて質問を投げかけてみた。

「もし俺が突然有美さんにブランド物のアクセサリーとか買ってあげたらどうする？」

訊いたからどうというわけでもないのに。

「意味も下心もなく？　だったら受け取らないわ。後が怖いもの。でも理由があるならありがたく受け取ります。くれるの？」

「いや、訊いただけ」

理由か…。

あの時の二人にどんな理由があったのだろう。頼まれて買ってきたというのなら、きっと彼女は素直に受け取っただろう。でも一度拒んだということは、理由のない贈り物だったのかな。

画廊を出て、地下鉄の駅に向かう。

今日も、立ち寄る先などないから、真っすぐに家を目指す。

途中で待ち合わせる相手もいない。呼び出すこともできない。

一度咲いてしまった花を、枯らしたくはなかった。立ち腐れも嫌だった。

だとしたら自分は独りでも咲き続けるしかない。

たとえもう見てくれる者がいなかったとしても。

地下鉄の窓からは眺める景色もなくて、黒い壁だけがずっと続く。どこか知らない場所へ運ばれてもわからないだろうというように。

乗り換えの駅で人の流れに身を任せ、地上を走る電車へ乗り換えると、窓の外には見慣れた景色が流れ始める。

ビルと、家と、車と。

どこにでもある物が寄り集まって、一つ一つ違うシーンを作っては消してゆく。

その合間に、あの時見たレギンスの彼女と晶吾の笑い合う顔が点滅していた。

彼女と会った日にも、晶吾は俺のところに来た。

昼間、誰かに会っていたなんて話もしないで。

今までだって、外の付き合いの話をしたことはないヤツだから、それが当然の姿なのだけれど、隠されたみたいで気分は悪かった。

見たよ、と言うのは簡単だったけれど、言い出すきっかけを探しているうちに、彼は帰ってしまった。

もうずっと、ここのところ顔だけは見せてくれるけれどすぐに帰ってしまう。

俺に触れることも、触れたいというそぶりも見せないで。

それを寂しいと思うのに、耐えられない程つらいのに、もう俺は『来るな』とは言えなかった。今までは簡単に口にできていたのに、もし本当に来なくなったらどうしようと思って。

仕方がない。

俺はあいつが好きなのだ。

どんなに苦しくても、不安でも、怖くても、まだ嫌いと言われたわけじゃない、他の人が好きと言われたわけじゃないと、気持ちを切り替えることができないのなら、全部呑み込むしかない。

自分から訊くことができないなら、彼が言い出すまで待つしかない。

平日の午後の電車の中。

そんなありきたりな場所で、俺は心を決めた。

それが孤高で美しいと思うのなら、せめて醜くならないようにしよう。俺はあいつの目に、いつまでもカッコイイ男として映っていたい。離れても、また戻りたくなるような。

お前のために変わることはできない。

可愛い女の子になんか、なりたいとも思わない。

俺が俺のままでいてもお前の気持ちが変わるなら、それは『仕方のない』ことなのだ。

「年上って、面倒臭い…」

電車が駅に到着し、扉が開く。

ホームへポンッと飛び降りると、俺は寒さにぶるっと肩を震わせた。

今日あたり電気ストーブを出しておいた方がよさそうだ、と考えながら。


『仕事が終わったから、しばらく暇』

とだけ、メールをした。

だから来いとも、来るなとも書かずに。後はお前が考えて決めろ、というように。

でもその日、晶吾は来なかった。

俺はアトリエにストーブを、座敷にコタツを出して寒さに備え、布団を厚手の冬掛けに変えた。

翌朝起きると、思った通り冬は一気にやって来て、布団の中から出るのに勇気が必要なほどだった。

東京には雪なんて滅多に降らないけれど、こんなに寒いならいっそ雪が降ればいいのにと思った。

することがないから、有美さんに頼まれた『愛のある絵』を描くためにストーブを点けたアトリエで絵筆を握る。

何を描こうかと悩んでいると、コンコンとガラスを叩く音が聞こえ、振り向く前に冷たい外気と共に晶吾の声が響いた。

「梓さん」

「あー、暖かい」

頬が少し赤い。

「さっさと入れ。部屋が冷える」

「あ、ごめん。ここからでもいい？」

今まで何度言っても窓から上がろうとした男がちゃんと訊いてくる。

「別にいいぞ」

と言われてからもぞもぞと上がって来る。

「お昼食べた？」

「お前はいつもメシのことばっかりだな」

「だって、放っておくと梓さんご飯忘れるから」

「…そうだな。でも今日はまだ腹は空いてない。朝が遅かったから」

「そう。じゃ、コーヒーでも飲む？　俺、淹れるよ？」

「うん」

元気よく立ち上がり、奥へ行こうとした彼が、戸口でふっと振り向く。

「…元気ないね？」

「そうか？　仕事が一つ終わって気が抜けてるだけだよ」

「でもカンバスが…」

「ああ、それは別の。仕事じゃなくて人にあげるもの」

「珍しいね、梓さんが他人に絵をあげるなんて言うなんて」

「特別だから」

「特別？」

「中野画廊の有美さんに頼まれた」

結婚の祝いに、と続けなかったのはささやかな意地悪だ。お前がどんなふうに反応するのか見てみたかったから。

いつものように『どうして』『あげないで』『その前に俺にも何か描いて』と言い出すのを待っていた。

でも晶吾はどれも口にはしなかった。

「ふうん…」

少し不満そうな響きは含んでいたけれど、ただそう言っただけだった。

俺だけが、意地を張ってるような気がする。気がする、じゃなくて実際そうか。晶吾は俺を引っかけたり試したりはしない。わかっているから、隠し事が不安なのだ。

意地の悪いイタズラじゃないとわかってるから。

「結婚するんだよ」

「え？　誰が？」

今度は意図して言ったわけではないけれど、驚きに一瞬表情を崩す晶吾にほっとした。

他の人と結婚して欲しくないと思う程度には俺に興味が残ってるんだな、と。

「有美さん。日本画の大場先生って方とね。画家の先生の新居に飾りたいなんて言われたら、特別に描かないわけにはいかないだろ。ほら、コーヒー」

「ああ、うん」

奥へ消える彼の背中を見送って、俺は溜め息をついた。

愛のある絵って、何を描けばいいのだろう。つがいの動物か？　一輪の花か？　気持ちが絵に反映するとしたら、俺にはどんなモチーフを選んでも、上手く描けないような気がした。

相手は未来の画廊の女主人と日本画の先生だ。きっとそこに幸福な愛がないことにすぐ気づいてしまうだろう。

恋をすることは苦しい、報われないことは寂しい、そんな絵を新婚さんにあげるわけにはいかない。

「思ってるより難しいかも…」

アトリエを出て座敷へ行くと、まだコーヒーは淹《はい》っておらず、俺が座ってからいい香りが漂ってきた。寒い方が香りは強く感じるものなのか、いつもよりいい匂いがした。

「はい、どうぞ」

晶吾はいつものように俺の向かい側に座った。

「コタツ出したんだね」

「昨日寒かったから」

「言えば出してやったのに」

いつもはくだらないことを延々と喋るのに、今日はここで会話が終わってしまう。

沈黙が続くことに耐えられないのは、いつも彼の方なのに、次の話題もくれない。

コーヒーを啜る音だけというのが辛くて、こっちから先に口を開く。

「ここもコタツだけじゃなくてストーブも出せばよかったな」

でもあの女の子のことや、変わってしまった理由は訊けない。

「そう？　寒い？」

「少しな」

いつもなら、そんなことを言うと、『じゃ俺が隣で温めてあげようか？』と言うクセに、今日はそれも違う。

「こっちおいでよ。温めてやる」

俺が猫で、ヒゲがあったらきっとその先がビリビリと震えただろう。

何だよ、それ。

そんなこと言ったことないじゃないか。何を偉そうに。

「どうした？　寒いならおいで」

それはお前の言葉じゃない、俺に向けた言葉じゃないだろう。もっと守ってやりたいような、か弱い相手に言うようなセリフじゃないか。

そう思った瞬間、ハッと気づいた。

あの女の子か…。

確かに、彼女に向けてなら『こっちおいでよ。温めてやる』というセリフはピッタリだ。そうしてあの細い肩を抱き寄せる晶吾はサマになるだろう。

彼女を対象とするフレーズが、自然に出るようになるほど、彼女と一緒にいたのか？俺のところへ来なくなった時間、あんなふうに彼女と会っていたのか？

「梓さん？」

「梓『さん』とか呼ぶな」

「でも…」

やっぱりダメだ。

俺には我慢ができない。

臆病だから、壊れてしまうものなら先に自分で壊してしまった方がいい。大切なものがなす術もなくボロボロと形を失くすのを見守るより、一気に叩き壊して、その感触をこの手に感じる方がいい。

「お前とは別れる」

「梓さん？」

「恋人はやめだ」

「どうして？　俺はちゃんとしつこくしないで、仕事の邪魔もしなかったでしょう？　それが嫌だって言うから…」

「そういう問題じゃない！　俺は二股かけられるのは嫌なんだ」

「二股？」

綺麗な恋というガラス細工にハンマーを振り下ろす。

散ってしまえ。キラキラと破片を撒き散らしながら。そしたら俺は『綺麗だった』と思って忘れるから。

「見たんだよ。駅前でお前が女と会ってるの。ブランド物なんかプレゼントしてにやけてるところも」

「あ…」

しまった、という顔。見られてたのかという顔。

「あれは違うよ」

「何が違う。俺のところに来なかったのも、あの女のせいだろ。何が『こっちおいでよ。温めてやる』だ、『どうした？　寒いならおいで』だ。俺はか弱い女じゃない、お前の所有物でもない。お前が俺に言うのは『そっち行っていい？』だろう。他のヤツに向ける言葉を俺に使うな」

「そんな、今のは梓さんに言った言葉で…」

「違う。あれはお前の言葉じゃない!」

それくらいわからない俺だと思ってるのか?

「もう二度とここへ来るな。二度とだ」

だって会ったら辛い。

「梓さん!」

そんなふうに他人行儀に呼ばれたくない。

「さっさと帰れ。可愛い彼女のところへ行けばいいだろ。俺はもうお前のことなんか忘れる。お前の時間なんて、全部あの女にくれてやれ」

それでも、どこかでごめんなさいと言ってくれる彼を待っていた。けれど晶吾はそのまま無言で立ち上がった。

あ。

行ってしまう。

そう思ったら全身の神経が引っ張られたみたいに突っ張って痺れるような奇妙な感覚と共に目の前が白くなった。

でも言わない。

行かないでって言わない。

これで行ってしまうのなら、もうお前の気持ちは他所にあるんだろう？　だったら言っても仕方がない。決めたことは揺らがないお前だから。

「それでいいの？　俺がいなくなってもいいの？」

頭の上から降る最後の問いかけ。俺は答えてやれなかった。今、少しでも動いたら不覚にも涙を流してしまいそうだったから。

見なくても、彼が動く気配を感じる。出て行ってしまうのだと覚悟した時、彼の手が俺の顔に触れた。

「梓ちゃん」

俺の隣へしゃがみこみ、腕を回してすがりつく。

「な…にしてんだよ…！」

あ、いけない。喋ったら涙が…。

「梓ちゃんが別れるって言っても、俺は絶対別れないから」

そして軽く唇を重ねる。

「今、怒らせたんだと思って頭真っ白になったけど、違うんだね。俺、梓ちゃんを悲しませたんだね？」

頬に手を置いて、もう一度キスされる。

「別に悲しんだりなんて…」

潤んだ目で言っても説得力がないってわかってるけど、認められなかった。

「あのね、梓ちゃんが見たって言う女の人は、北上真帆さんって言って、俺の友達の彼女なんだ」

「友達…、この期に及んで嘘を言うな。なんで友達の彼女にブランド物のプレゼントなんかするんだよ！」

「お礼だから」

「礼？」

困ったように眉を寄せ、赤くした顔。

『俺の』晶吾の顔。

「彼女、ＯＬさんなんだ。今、二十六歳なの」

二十六？　そうは見えなかった。とても可愛くて。

「だから何なんだよ」

「年下の恋人をどう思うかって、どうしたら子供扱いされないかって教えてもらってたんだよ。だからそのお礼」

「…はあ?」

「だって…。梓ちゃんすぐに俺のこと『ウザイ』って言うし、『バカ』とか『犬』とかって言うし。『…あの時恋人になんて言わなければよかった』なんて言うから…」

それは…、言った。この口で確かに。

「自分でも梓ちゃんにまとわりついてる自覚はあったんだけど、どうしても我慢がきかなくて。俺なんかまだ学生だから子供扱いされてばっかりだから。それでも、恋人になれたから、もうこれで対等に扱ってもらえるかと思ってたんだ。もう『触っていい?』って訊かなくても触れるんだって。そうしたら『恋人面するな』でしょう? それで相手が男ってことを隠して年上の彼女がいる友達に相談したら、それはお前が悪いって」

彼の頭に、また垂れた耳が見える。丸めた尻尾も。

「大人には大人の付き合いがあるんだから、それを理解しろって。それで…」

「あの彼女に相談したのか」

「年上の恋人の本音を聞いてみろって」

彼は素直にうなずいた。

「生活が自立してないうちは子供扱いされても文句は言えないって言うから、ちゃんと就職も決まったし、いつでも梓ちゃんが呼べるように独り住まいすることも考えたし…」

俺のためか…。

「ベタベタしないで、入り浸って梓ちゃんの仕事を邪魔しないで。悪いと思ったらちゃんと一歩引くようにして…」

頭を擦り付けて、ごめんなさいのポーズを取る駄犬。

「そしたら一度は許してくれたから、これが正しかったんだって思って。彼女が男はちょっと横柄ででんと構えてる方がいいって言うから」

「それで『こっちへおいで』か」

「来てくれたら…、嬉しいなって思ってた。俺、いっつも梓ちゃんの背中ばっかり追いかけて、ちょっと…、ほんのちょっとだけ疲れたから。俺が立ち止まったら、置いていかれるんだろうなって…」

同じ気持ち。

逃げる犬を追いかけるのに疲れたと、去ってゆく主人を追いかけるのに疲れたと。もし自分が足を止めたら離れて行くだけだと思って、何にも考えずに走り続けていた。

でも、立ち止まってみたら、二人で円を描くようにぐるぐると回っていただけだったのか。

「バカ犬」

自分から、腕を回して擦り寄ってくる大型犬を抱き締める。

「梓ち…」

「で、俺はバカ飼い主だ…」

温かい。

とても、温かい。コタツもストーブもいらないくらいに。だからぎゅっと抱き締める。

「俺も…、不安だった」

今日だけ、今日だけだ。

「俺は男だし、六つも年上だし、大学でのお前のことなんか全然知らないから。いつか近所のお兄さんなんかいらないって言われるのが怖かった」

こいつが一生懸命頭使って考えて、努力してたことにも気づかず、勝手に疑って、勝手に手放そうとしてたのは悪かったたって思うから。

今日だけ、謝罪の意味で本音を口にしてやる。

「そんなの、中学の時からもうとっくにいつか色々したい相手だったのに」

「…バカ」

憧れじゃなかったのか。

「齢なんて関係ないよ。だって、梓ちゃんは梓ちゃんじゃん。あと五年もしたら、絶対俺のが年上に見えるよ。俺、…老けて見えるから」

「気にしてんのか？」

「今までは。だって、梓ちゃん可愛いものが好きでしょ？　でも梓ちゃんが年上なのを気にしてるんなら、もっと老ける」

「そんなの、自然のなりゆきに任せとけ。それから…」

「何？」

俺は抱き締めていた手を緩め、彼の両耳を引っ張った。

「イタタ…っ！」

「誰がお前に頼りがいのある男を求めた。今更カッコつけたって、俺はお前のビー泣きの顔まで知ってるんだぞ。らしくない芝居なんかしたら、変わっちゃったのかと思って焦るだろうが」

「痛いよ、梓ちゃん」

手を離してやると、晶吾の耳たぶは真っ赤になっていた。

「そんなふうに、簡単に心変わりすることもあるのかって…、心配しただろうが」

でも犬を怒るのは悪いことをした時じゃないとダメなんだ。後回しにすると、何で怒ってるかわからなくなるから。

「ごめん」

「俺に断りなく変わるな。俺はバカなお前が…好きなんだ。俺のことしか見えなくて、真っすぐ追いかけてくるお前がいいんだ。カッコよかったり、女にモテたり、無愛想なお前なんか知らない。そんなヤツ、恋人じゃない」

「梓ちゃん」

こうして包み込むように抱いてくれるのも。

「俺は変われないから。カンシャク起こせば怒鳴るし、すぐ出て行けって言うし…」

「でもそれって本気じゃないんだね？」

ここでうなずいたら、この先甘く見られてしまう。年上としての威厳もなくなってしまう。

「…頭を使え。自分で考えろ」

だから曖昧にした。

きっと晶吾にはわかってしまっただろうけど。

「俺、バカ犬のままでもいい？」

「…いい」

「自分の思うようにしてもいい？」

「嫌な時は蹴り飛ばす」

「俺のこと恋人って思ってくれる？」

「俺は…、恋愛なんて嫌いだ。面倒くさいし、辛いし、不安だし、怖いし。でも…、お前のことは恋人だって言ってやる」

「ん」

耳元で、小さくうなずく声が聞こえたかと思うと、いきなりふわりと抱き抱えられる。

「し…、晶吾？」

俺を軽々と抱き上げて、彼は足で襖を開けた。

「もうずっと我慢してたから、許して」

「何を？」

わかってるのに訊いてしまう。

「大丈夫、今日は畳の上なんて無粋なことしないから。ちゃんと布団の上でする」

「だから何を！」

それが恥じらいってものだって、わかるくらいには賢くなってしまったのか、彼は足を止めず、そのまま俺の寝室に向かった。

「愛の営み」

「…バカ！」

そして俺も、怒鳴りはしたけれど、彼を蹴ったりはしなかった。


負けたわけじゃない。

主導権を渡してしまったわけじゃない。

この期に及んで自分にそう言い訳するところが俺の可愛くないところだとわかってるけど、そう思わないとやってられなかった。

敷きっぱなしにしていた布団の上に横たえられて、横で服を脱ぎ捨てる彼の逞しい身体が自分より優位な『男』の身体に見えて。引き締まった筋肉が驚くほど胸をときめかせても、俺がここにいるのは彼が望んだからであって、俺が望んだわけではないと言い訳してないと、自分が自分じゃなくなってしまいそうだから。

好き。

捨てられなくてよかった。

まだお前の一番が俺でよかった。

もう二度と俺にこんな気持ちを抱かせるな、捨てられたら絶対に泣く。

そんなことを口走ってしまいそうだったから。

「寒い？」

「寒い。だから脱がない」

「ん、わかった」

上半身裸で覆いかぶさってきた晶吾は、無言のまま俺のシャツの裾を捲って手を滑り込ませた。

「冷た…」

「ごめん。でもこうして触ってればすぐ同じ体温になるから」

キスして。

キスされて。

舌が口を犯すように動き始めると、シャツの中の手も動き出す。

前の時は、勢いだけで襲って来たのに、今度は違う。

指はゆっくりと俺の胸を撫で、身体のあちこちを触り、緊張を解そうとしている。

手が動けば動くほど、シャツが捲れ上がってきて、肌が露出する。

「あ…」

胸まで捲れ上がると、キスしてた唇が下がってそこに触れた。

「ば…か…」

そこにもキスして、軽く吸い上げる。

口に含んで、中で舌が舐める。

「あ…ぁ…」

寝室にはストーブを置いてないので、運ばれてきた時には本当に少し寒かった。でももう身体は熱を持って、顔が火照ってしまう。

「晶吾…っ」

「好き」

「そうじゃなくて…、それ…」

「好き」

それを止めろと言いたいのに、彼の言葉が俺の言葉を遮る。

「もう本当に、ずっと、ずっと好きだった。俺はもうずっと梓ちゃんにこうしたかった。マセた色ガキだった。でもそれ、外見だけじゃないから」

晶吾は、俺が思ってるよりはるかに賢いのかもしれない。

だから、さっきのことで、俺がずっと不安を抱えてたってわかってしまったのだ。今回のことだけじゃなくて、恋人にしてやると言った時から抱えていたものに。

「齢は追いつけないけど、背は追い越したから。それで許して」

シャツがどんどんずり上がってゆくと、面倒臭そうに彼は俺にバンザイをさせて一気にそれを首から引き抜いた。

「俺、バカ犬かもしれないけど、自分が戻るとこだけは間違えないから。どんなに遠くへ行っても、誰かに攫われても、必ず梓ちゃんのところへ戻ってくるから」

でも袖は抜いてくれなかった。

なので俺の両手はバンザイした格好のまま動かせなくなってしまった。

「だから不安になったら呼んで」

無防備な胸にまたキス。

「晶吾、って。『バカ犬』って」

「あ…」

「真っすぐ走って来る。犬って帰巣本能があるんだよ。だから絶対だ」

舌は肌を濡らす。

ゾクゾクとした感覚が脇腹から二の腕の内側へ走り抜ける。

「晶吾、腕…」

「何？」

「シャツ…、取れって」

「まだダメ。梓ちゃん、すぐ恥ずかしがるから」

　確信犯か。

「バカ犬…っ！」

「うん。だからごめん。色々気づかないで。自分のことだけで精一杯で。嫉妬するのも、不安になるのも、誰だって当たり前のことなのにね。それどころか、俺はそういうのを取り除く努力もしてなかったのに」

　胸の上、ワルイコトをしながら彼が懺悔する。

「俺は、梓ちゃんが俺を疑うことなんてないと思ってた。何をしても、絶対に疑われないと思ってた。だから、リードが手放されても、気にしなかった。放したのか、放れたのかも気にしないで」

　本当に謝っているのだとは思うけれど、その言葉は俺への慰めにも聞こえた。

「放したなら心配しないけど、放れたなら心配するのにね」

　走ってゆく犬。

どこまでも伸びるリード。

お互い、それが繋がってるからいいかと思っていた。もうとっくにそれが切れてしまったことも知らず。

「でももう大丈夫だよ。放し飼いでも、俺は帰ってくるから」

もうリードはいらないのか。

姿が見えなくても、心配しなくていいのか。

二人別々の場所に行っても、見えるものに頼らない関係があると、言ってくれるのか。

「…ご大層なこと言ってるけど…、やってることは全然違うだろ…」

「え？　この間痛くしたから、丁寧に解そうかと思って」

「人を縛っといて言うセリフか！」

「縛ってないよ。ただ梓ちゃんのシャツが脱げないだけ。どうせそんなの、すぐ脱げちゃうよ。でもその前に…」

いいことを色々言って感動させた男が、俺のズボンのファスナーを下ろす。

「あ、バカっ！」

慌てて身体を起こそうとすると、シャツが引っ掛かったままの肘が両方揃って晶吾の脳天に当たった。

ガッ、と音がして肘から痺れてくる。

「痛ッ」

「イッ！　…酷い、梓ちゃん」

「酷いのはどっちだ、解け」

渋々と袖からシャツを取ると、俺は晶吾を抱き寄せた。

「手が使えないと、こういうこともできないだろ」

「うん…」

手が下肢に動く。

ファスナーを下ろされたズボンの中に指が入り込む。

「う…」

シャツに突っ込まれた時には冷たいと感じた指先は、もう温かかった。

その指に嬲られて、息が乱れる。

回してやった手から、力が抜ける。

「あ…」

するり、と更に奥を目指して手が滑り込んできた時、俺は思わず身体を堅くした。

また『あれ』が来るのだ、と。

けれど彼は一瞬だけ指で入口に触れると、すぐにその手をズボンから引き抜いた。

「ああ、ごめん。次にする時は梓ちゃんが『いい』って言ってからだったっけ」

……な……にを。

「しても『いい』?」

今更、ここまでしておいて。

「答えてくれないと、こっから先ができないんだけど」

こいつ、ワザと言ってるんじゃないだろうな。俺に膝を折らせようって魂胆じゃないだろうな。

「そんなの……!」

カッとなって身体を離し、意地でも我慢してやると晶吾を睨みつけたが、その視線の片隅に、まだズボンを履いたままの彼の股間が目に入った。

布越しでもそれとわかるほど大きく膨らんだ箇所。

この間は我慢できないと言って、俺がどれだけ『待って』と言っても聞いてくれなかった欲望の塊。

「梓ちゃん……」

男の顔をして、子供の声でねだる。

「よ…くなかったら蹴り出してるって言ってるだろ」

ああ、もう。

どうして俺はこいつにこんなに弱いのか。

「よかった」

そんなの決まってる。惚れてるからだ。

自分が欲しいからだ。

もう絶対に、誰にも晶吾を渡したくないと思ってるからだ。

温かく濡れた舌が、俺のモノを含む。

「…あっ！」

許可を下したことを後悔させるように、舌が俺を襲う。

「あ…」

根元から丁寧に舐り、俺が声を上げても口はそこを放さず、責めたてる。

同時に、手がズボンを下ろし、指が後ろに伸びた。

指はすぐには入って来ず、周囲を撫で、ほんの少しだけ入って来たかと思うとまたすぐに出てゆく。

それを繰り返しながら、だんだんと奥を目指す。

「あ…、や…っ」

指だから、痛みはなかった。

むしろ、前に刺激を受けながら出したり入れたりを繰り返されている間に、その指が快感に繋がってきた。

「ん…っ、や…、もう…」

焦れて、脚が動く。

手が、彼を求めて彷徨う。

けれど、肌を露出した彼の身体には掴むところがないから、ただ届くところにあった彼の肩を掻くばかりだった。

「晶吾…、放せ…っ」

腰が疼く。

「イきそう?」

中の指が、焦れったい。

「…いいから…、放せって…っ」

「いいよ、イッても」

咥えたまま喋るから、力が抜ける。

「俺が…いや…っ、あ…」

「わかった」

やっと口を放してくれたかと思うと、彼は片方の手の指を残したまま、もう一方の手で俺を追い上げた。

「あ…、あ…っ」

見てる。

晶吾が俺を見てる。

彼の視線だけで、崖っぷちだった俺の背中がトンと押される。

「みる…っ」

見るな、と命令したかったのに、言葉を発するより早く波に呑まれてしまう。

「あぁ…っ」

彼の手を汚し、全身を緊張させていた熱が放たれてしまった。

痙攣しながら解放の快感に耐える俺の中で、指はまだ動いていた。

「や…」

身体にまだ残る快感の名残が、より神経を過敏にする。

「抜いて…」

バカ犬が、『待て』を覚えてじっと我慢していたから、褒美をやらなきゃいけないと思うからだ。

抵抗できないのは、今イッたばかりで力が入らないからだ。

「もういい？　もう痛くないと思うから」

「そ…ふうに…ぶな…」

「梓」


でも許可を出さないままでいると、晶吾も動かなかった。

「い…」

ズルイ、汚い。ここまでして…。

「『いい』から…。もう待たないでいいから…」

許可を出してから後悔する。

学習しないのは俺だ。

ずるっ、と指を引き抜いた晶吾は、力を無くした俺の身体を俯せに返した。

「あ」

肩を押さえ付け、また指が肉を割って中に入る。

「こっちのが痛くないんだって…」

と言いながら膝が俺の脚を開かせる。

忙しく動かす指。

頭がおかしくなりそうだった。この前の、貪られるだけの行為じゃない。俺が気持ちいい。気持ち良すぎておかしい。

「や…ぁ…」

指が再び抜かれ、ファスナーを下ろす音がする。

腰を抱えられて押し当てられる彼は、ひたりと濡れた感触だった。

「可愛い…」

舌なめずりする獣の気配。

俺は今だけ飼い主からこいつの餌になってしまう。

「梓」

また呼び捨てにして、彼が背後から俺を貫いた。

「あ、あー…ぁ…」

「痛い？　大きい？」

ずくずくとした熱。

「梓」

彼が、入って来る。

ゆっくりと、それでも強引に。

「…梓、痛い？　…気持ちいい？」

返事なんかできるわけないだろう。

そんな理性、カケラも残ってない。

だって、耳元では彼の苦しげな息遣い。腰を抱く手は熱くて、俺の中では『晶吾』が脈打っている。

自分の鼓動に合わせて、一つになるようにドクドクと。

「今日は…、動くよ…」

「ああ…っ」

腰が揺すられ、彼が中を目指す。

腰を抱いていた手が更に前に回り、俺のモノを握る。

そして引き抜かれ、また中へ。

「痛かったら言って…」

言えないとわかってて言ってるんだ。

だってもう見ればわかるだろう。

俺はすっかりお前に食い荒らされて、年上の威厳もクソもない。ただ熱に炙られて、声を上げ、身を捩ることしかできない。

掴んだシーツを引き寄せても、引き寄せても、痛みと快感がごまかせなくて、どんどん布が胸元に溜まってゆく。

声が嗄れるほど叫んで、それでもまだ足りなくて。

何をしてもこの牙から逃れられない。

「…好き」

だって、こんな時に彼は言うのだ。

「梓が俺のものじゃなくても、俺は梓のものだから。全部呑み込んで」

いやだ、って言えなくなるようなセリフを。

「絶対、死ぬまで…」

真剣な声で…。

「あ、あ…ぁ…っ！」

バカ犬は、家の中ではうるさいほど纏わり付いてくるから、ちゃんと鎖に繋いでおかなければいけません。さもないと何もかもをメチャメチャにしてしまうので。

散歩に出掛ける時にはちゃんとリードを付けてしっかり握っておきましょう、迷子にならないように注意しましょう。

いきなり走りだして姿を見失うこともあるかもしれません。

その力に引っ張られてリードを放してしまうこともあるでしょう。

でも途方にくれなくても大丈夫。

「……！」

大きな声で名前を呼べば、ちゃんと真っすぐに戻ってきますから。

だって犬は飼い主が好きなんです。

尻尾を千切れんばかりに振って、真っすぐに戻ってくるでしょう。

ただ、いきおいが良すぎて飛びつかれると多少ケガをするかもしれないので、その姿が見えたら構えておかなくてはなりません。

どんな犬でも、それがあなたの選んだ犬なら、死ぬまで大切に飼いましょう。

年が経っても、立場が変わっても、住まいが変わっても、その犬はあなたの大切なパートナーです。

心から愛してあげましょう。

「梓ちゃん、次だよ」

うとうとしていた頭の中に、声が響く。

ああ、俺はこの犬を一生手放さないとも。

「梓ちゃん、起きてる？」

もう腹はくくった。

「何…？」

「もう降りる駅だって」

「ああ、うん…」

「眠いの？」

覗き込む顔を片手でグイッと押し戻す。

「近い」

地下鉄の暗い窓が、駅に到着したと同時に看板や標示板でパッと明るくなる。ああ、暗闇も、明るくなる時があるんだなあ、と変に感心した。

「ほら、降りるよ」

力強い腕に、引っ張られるように電車を降り、改札へ向かう人の流れの中に突っ立ったまま伸びをする。

今日は、例の睡蓮の花の展示会の搬入日だった。

搬入の手配は済んでいるのだけれど、飾った時の位置やライトの具合なんかを確かめるために現場へ向かう途中だった。

俺は一人で行くつもりだったのだが、晶吾はどうしてもその睡蓮の絵を見たいと言ってついて来た。

「…梓ちゃん、今日は気合入れた格好だね」

「当たり前だ。他の作家達も来てるんだから」

「また変なファンができないといいな」

「できるか、そんなもの」

それはそっちだろう。今日だって、単なる付き添いのはずなのに妙に洒落っ気を出して、いい男ぶって…。

「梓ちゃん。トライビル、Ａ４の出口だって」

晶吾は、もう俺を『梓さん』と呼ぶのはやめた。俺が嫌がったせいもあるけれど、彼も他人行儀で嫌だったのだと言って。

いい大人が『ちゃん』付けなんて、と思ったが、世の中にはオジサンになっても、『山ちゃん』とか『タケちゃん』と呼ばれてる人もいるし、まあいいだろう。

おかしいと言われたら、こいつとは子供の頃からの付き合いだからと言えば済むだけの話だ。

そんな簡単な言い訳すら、悩んでる時には考えつかなかった。

階段を上り、地上に出ると、高層ビルの真ん中に出る。

「あっちにエスカレーターあったんだね」

「帰りはあっちで下りる、疲れた」

「少し運動した方がいいのに」

「俺はインドア派なの」

ガラスだけで出来上がっているような三角形のビルへ向かうと、そこにはすでに『THE・睡蓮』という大きなポスターが貼られていた。

入口で名前を告げると、すぐに有美さんが迎えに現れる。

今日はブランド物のスーツに身を包み、彼女も気合が入っていた。

「いらっしゃい、石原さん。早かったですね」

「早すぎた？」

「いいえ、どうぞこちらへ。今飾ったところです。あまり大きくないんで、メインの場所じゃないんですけど、グッズで使いたいってオファーがあったので、受けておきました」

「事後承諾か」

「全部任せるって言ったでしょう。そちらは…」

彼女の視線が晶吾に向く。

彼は愛想笑いを浮かべて頭を下げた。

「石原先生の付き添いで、稲葉晶吾です」

「稲葉…、ああ、先生の弟分」

「まあ、そんなところです」

いつもは『弟じゃない』って言い出すのに我慢する。こういうところが大人になったのは、褒めてやろう。

「今日は、先生の絵が見たくて、無理言って付いてきたんです」

「いいわよ、あなたみたいなハンサムだったら大歓迎。あ、石原さん。あとで写真撮るから、髪ちゃんとしておいて」

「写真なんて聞いてないぞ」

「何言ってるの、若くてハンサムなんだから、写真付けなくてどうするの。さ、稲葉さん、あれが石原さんの『睡蓮』よ」

油彩や、水彩、彫塑などが並ぶフロアの入口すぐのところに、俺の絵は飾られていた。

混沌としていた頃の自分の気持ちが飾られるのは妙に気恥ずかしい。

「梓ちゃんだ…」

しかも俺の絵だけには見る目があるヤツが、ポソリと呟くから、余計恥ずかしくなる。

「綺麗でしょう?」

「はい。凄く。俺、この絵、好きです」

「私もよ。何か孤高って感じよね」

「少し寂しそうだけど、健気で、しっかりした感じですよね」

「いいわね、稲葉くん、いい目してるわ」

もういいよ。恥ずかしいから解放してくれって気分だった。

「そういえば、石原さん。首輪買った?」

そこへ追い打ちをかけるように有美さんが口を開く。

「な…、何のことかな?」

「ほら、前、飼い犬に首輪つけたいって言ってたじゃない。この上にブランドのショップが入ってて、さっき覗いたら犬の首輪も売ってたわよ」

「飼い犬に首輪ですか?」

聞き返すな、晶吾。

「そうなの、所有欲が強いのね。私の婚約指輪見て羨ましいとか言うもんだから、何かと思ったら、犬に買うんですって」

「へえ…」

クソッ…。

どうしてこう女っていうのはおしゃべりなんだ。

「有美！　ちょっと来なさい」

中野さんの呼び声が響き、有美さんは「ちょっと失礼」と言って俺と晶吾を残し、父親の元へ駆けて行った。

残される俺の気まずさ。

顔が熱くなるのを隠すように向ける背中。

その耳元に、晶吾はそっと囁いた。

「首輪付けてもいいよ」

誰にも気づかれないように、耳にキスしてきながら。

「だって、俺、梓ちゃんのものだから」

だから俺はその鼻を摘まんだ。

「バカ」

鼻は、犬の急所なので…。

あとがき

皆様初めまして、もしくはお久しぶりです、火崎 勇です。

このたびは「飼い犬には鎖を」をお手にとっていただき、ありがとうございます。

そしてイラストの草間さかえ様、とても素敵なイラスト、ありがとうございます。担当のH様、お世話になりました。


さて、今回のお話、いかがでしたでしょうか？　バカ犬攻を、というリクエストで考えたお話でした。そしてイラスト様のイメージで勝手に頭の中で動かしたりもしてました。ご満足いただければ、嬉しいです。

梓は実はモテます。晶吾はそれを知っています。梓は芸術家なので、自分のことに頓着がないんです。美醜では自分は美人の部類だという自覚はあるのですが、男としての魅力じゃないとか、内面がモテないと信じてるんです。

なので晶吾はある意味安心ですが、別の意味では無防備な梓にハラハラです。

反対に、晶吾は自分がモテてる自覚はあるのですが、関係ないことだからどうでもいいと思ってるんです。なのに梓は不安でしょうがない。

でも上下関係は絶対的に梓のが上です。

今回、これといってお互いの本当の意味でのライバルは出ていないんですが、いつか出てきたらどうなるのでしょう？　梓狙いの人間が出てくると、大変だと思います。晶吾は、梓にはあくまで駄犬ですが外には狼になれる男なので、牙剥いて戦うでしょう。

梓の見てないところで「梓ちゃんに手を出したら殺すよ」ぐらい言いそうな気がします。ましてや泣かせるような目に遭わせたら、脅しじゃ済まなくなるかも。

で、反対に晶吾狙いが出ると…、相手が自分よりお似合いかも、と思うと梓は一旦落ち込んで引くんじゃないかな？　でもある一点を超えると、何で俺が引かなきゃならないんだ、となる。

相手がどんな人間であろうと「駄犬が惚れてるのは俺なんだよ」と啖呵きりそう。そして「晶吾、来い」と言ったら、晶吾はすぐに走って行くと…。まあラブラブです。

でもこれから晶吾がサラリーマンになり、スーツの似合う男になり、新しい人間関係ができると、新しいドラマが始まるんじゃないかな、と思っています。

それでは、そろそろ時間となりました。またお会いできる日を楽しみに…。

初出
「飼い犬には鎖を」書き下ろし
「リードを放しても…」書き下ろし

CHOCOLAT BUNKO

この本を読んでのご意見、ご感想をお寄せ下さい。
作者への手紙もお待ちしております。

あて先
〒171-0021東京都豊島区西池袋3-25-11第八志野ビル5階
(株)心交社　ショコラ編集部

飼い犬には鎖を

2011年4月20日　第1刷

著　者:火崎 勇
発行者:林 高弘
発行所:株式会社　心交社
〒171-0021　東京都豊島区西池袋3-25-11
第八志野ビル5階
(編集)03-3980-6337 (営業)03-3959-6169
http://www.chocolat_novels.com/
印刷所:図書印刷 株式会社